光文社文庫

ショートショート列車

田丸雅智

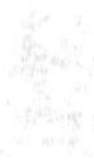

ショートショート列車＊目次

第三部・中部　79

第四部・近畿

第五部・中国・四国

第一部

北海道・東北

北海道　白樺（しらかば）育ちの女

自然は、人を開放的な気分にさせる。

濃い緑に囲まれて素足になった彼女が、樹々の間を駆けていく。まるで少女みたいな純朴さに、彼女の本質的なところの由来に初めて触れられたような気がした。

「小さいころ、よくこのへんで遊んだなー」

いまやすっかり標準語だけれど、こうしてあっという間に自然に馴染（なじ）む姿を目にすると、やっぱり生まれはここ北海道なんだなぁと思わされる。白い素肌も、立ち並ぶ白樺とよく似合う。

「本当に、庭みたいなものだったから」

まあ、家のすぐ裏だから、本当に庭だっていえば庭なんだけど。

そう言って、彼女は笑う。

「それに、わたしのことを育ててくれたのもこの場所なんだ」

「育ててもらった？」

「うん、ここにある白樺たちに」

屈託(くったく)ない彼女の言葉の真意を摑(つか)みかねて、思わず尋ねる。

「白樺にって……狼(おおかみ)に育てられた少女、じゃあるまいし」

笑って返すと、一転、真面目な顔で彼女は言った。

「白樺の樹液のことって、知ってる？」

少し考え、口にする。

「樹液って、カブトムシとかクワガタとかが寄ってくる？」

頭の中で、てらてらと濃密に黄色く光るものを思い浮かべる。

彼女は、ううん、と首を振る。

「ああいうのとは全然違って、白樺の樹液はすごくさらさらしてるんだ。水みたいに透明で。って言っても年中採れるわけじゃなくて、春先だけ。冬が終わりを迎えるころ、白樺は一気に雪解け水を吸いあげるの。大地から、芽吹くための力を分けてもらうみたいに」

彼女は語った。

その一か月にも満たない僅かな期間だけ、白樺から樹液が採れるのだという。樹皮を少しだけくり抜いて、滴る樹液を容器に入れる。樹液は数日もすると白濁して飲めなくなるから採れたてを飲むのが習わしらしい。

「これはあとで知ったんだけど、白樺の樹液は栄養豊富でミネラルもたくさん含まれてるんだって」

白樺の恩恵に与っていたのは、彼女だけではない。北の大地では遥か昔から生きるための知恵として、広く飲まれてきたものなのだ。

くり抜いた穴には木を当てておく。するとやがて元に戻って、翌年もまた同じように生命の水を分けてくれる。その繰り返しが、何世紀にもわたって行われてきた——。

「なんだか、途方もないスケールの話だなぁ……」

壮大な気分になってつぶやいた。

「いまは技術も進んで、春先に採った樹液を年中保管できるようになったみたいなんだけどね。でも、だからこそ、採れたてを飲めるってすごくありがたいことだったんだなぁって。

白樺の、春に向かって一気に力を溜めこんでく感じ。ほんのり甘くて、芯を大きく揺さぶられるみたいな大地の味。

それを生まれたときからずっと飲ませてもらってたって、とっても贅沢なことだった。

たぶん、性格とか、いろんなところで影響を受けたんじゃないかなって。

ね？　白樺に育てられたってのも、ぜんぜん言い過ぎじゃないでしょ？」

彼女の言葉に、躊躇うことなく頷いた。

自然の中で育ったというだけではなく、文字通り、彼女は自然を身体で吸収しながら育ったのだ。そりゃあ天真爛漫な人になって当然だと、すべてが腑に落ちたような気分だった。

「ちなみにね、白樺から教わったのは精神的なことだけじゃなくて」

彼女は唐突に口を開いた。

「都会じゃめったにできない分、自然の中に帰ってくると、ついやっちゃうんだけど」

つづけて彼女はこんなことを口にした。

白樺の樹液を飲みつづけるうちに、ある特別な能力が身についたのだと。

「知らない間に、大地から水を吸いあげられるようになっちゃって。まるで春先の白樺みたいに」

だからこんなふうに、と彼女は言う。

「豊かな自然の中に行くと、衝動的に素足になりたくなっちゃうの」

青森　褒めりんご

青森と言えばりんごを思い浮かべる人が多いのではないかと思うが、男の場合も例外ではなく、青森滞在中に時間ができ、真っ先にりんご狩りをしようと思い立った。

秋も只中のことである。

少し車を走らせただけで、至るところに「りんご狩り」と書かれた看板を見つけた。

男はさしたる理由もなくその中のひとつのりんご園を選択し、意気揚々と乗りこんだ。

ところがだ。出てきた農家の老人から妙なことを聞かされて、男は戸惑うこととなった。

「うちのりんごは、採取する人によって味が異なる代物でしてね。採れたりんごの質については責任を負いかねますので、悪しからず」

では、と老人はつづけた。

「お好きなりんごをひとつ、お選びください」

「ひとつ……？」

男にとって、りんご狩りとは採り放題のようなイメージがあった。そうでなくとも、上限数こそあれ、たったひとつしか持ち帰れないということはあまり耳にしたことがない。何とも阿漕（あこぎ）な農家を選んでしまったなと、男は後悔しはじめた。

「お客さん、何もケチってひとつだと言っているのではありませんよ」

内心を見透かされたようで、どきっとした。

「二兎（にと）を追うものは何とやら。ひとつに絞（しぼ）ったほうが、よりうまいりんごを手に入れられるんですよ。まあ、こちらへ」

りんご園の中へと案内されて首を傾げた。たしかに、立ち並ぶ樹々にはりんごがたくさんなっている。が、そのどれもが緑色だったのだ。

「ここは、青りんごの農園なんですか？」

「いいえ、赤りんごですよ」

「ということは、まだ実が熟す前に来てしまったんでしょうか……」

「いいえ」

老人は、それも言下に否定した。

それじゃあ、ここにあるものは……。

困り果てた男に向かって、老人は言った。

「うちで扱っているのは世に出回っているものとはずいぶん具合が違っていましてね。褒めりんご、という代物でして」

「褒めりんご？」

「その名の通り、褒めれば褒めるほど、美味になっていくりんごです」

何の冗談だろうと、男は思った。それに構わず、老人はつづける。

「もちろん、ただ褒めればいいというわけではありません。同じ褒めりんごでも、ひとつひとつ、くすぐりどころは違うので、そこを見極めて褒めることが大切です。人を褒めるのと同じで、褒めどころを間違えるとかえって逆の効果をもたらしかねませんからね。ですが、うまく褒めると、どんどん味がよくなっていく。その判断は、りんごの色を見れば一目瞭然。うまくいけば、照れて頬を染めるように赤く変色していくんですよ」

「それじゃあ、いまりんごが緑色なのは……」

「褒められる前、素の状態だからですね」

まあ、理屈はこのへんにして。

そう老人は言い、どれかひとつを選んでもぐよう促した。

半信半疑ながらも、男はりんごの見定めに移る。と言っても、どれも大差がないように見えなかったので、手近なひとつを手に取った。

「では、褒めてあげてください。やり方は先ほど申し上げたように、お任せします」

急に褒めろと言われても……。

「えっと、き、きれいだ……よ？」

そう口にした途端、男は我が目を疑った。ぽっと、りんごがほのかに赤らんだのだ。

「いいですねぇ、その調子ですよ」

「そうですか……？」

「ほらほら、つづけてください」

「あの……あ、あなたみたいなりんごは見たことがない……よ？」

自分で口にしておいて、顔から火が出そうなほど恥ずかしかった。こんなベタなセリフでいいのだろうか？　自分はいま、一生分の辱めを受けているのではないか？　そう思いつつも、老人にはおだてられるし、りんごもますます赤くなるしで、途中で引き返すことができない。

「学校にいれば、マドンナだ」

いや、コンテストがあればミスユニバースだ。セザンヌだって、あなたの美しさは描ききれない……。

「も、もうこれ以上は無理です！」

ついに男は音を上げた。りんごは燃えるような真紅の輝きを放っている。

老人は男に激賞の言葉を送る。

「素晴らしい！　あなたは究極の褒め師だ。パーフェクト！」

いろんな感情が混ぜ合わさって、男の頬もずいぶん赤い。

そのときだった。老人は口調をがらりと変えてこう告げた。

「それでは、お代のほうを」

男はようやく、それが未払いだったことに気がついた。

「そうでした、すみません、おいくらでしょう？」

財布を取りだそうとする男に、老人は言う。

「十万円です」

「なんですって？」

「しめて、十万円です」

「十万円⁉　冗談ですよね？　そんな金額、払えませんよ！　そもそも、こういうのは定額じゃありませんか！」

「まさか、定額でやっていたら商売になりませんよ。維持費だけでも大変なんですから。それに、いまお手元にある褒めりんごは極上の味になっています。贈答品でも、これだけのものはありませんよ？　さあ、早く耳を揃えて」

老人が本気だと悟るや否(いな)や、男の顔は青ざめた。

秋田　なまはげの練習

友人から聞いた話だ。

「なまはげって、分かるよな？」

「あの怖い？」

知識はほとんどないものの、そのビジュアルは強烈に焼きついていた。どでかい顔面、鬼のような形相。蓑（みの）を羽織り、ギラリと光る出刃（でば）包丁を振りかざして迫ってくる。

悪い子はいねがぁ？　泣ぐ子はいねがぁ？

その声は、決まって荒々しくて低い。

「小さいときにテレビで見てから、ほぼトラウマみたいになってるよ」

苦笑しつつ、おれは言う。

「いまでも、あんまり良いイメージはないなぁ……」

「でも、あれって厄除けなんだよ？」

「えっ、そうなの？」

「怠け者を戒めるために家を回るんだ。大晦日に」

「へぇえ」

でも、と友人は言った。

「ちょっと考えてみると、引っ掛からないか？」

「なにが？」

「大晦日ってところにだよ」

「べつに……新しい年に向けての厄除けのために、なまはげは大晦日を選んで出てくるんだろ？」

「そっちじゃなくて。大晦日当日はいいよ。だけど、それ以外の日、なまはげはいったい何してるのかって気にならないか？」

「うーん」

少し間をあけ、おれは遠慮がちに口を開く。

「身も蓋もない話だけど、あの中に入ってるのは地元の人たちなんだろ？　普通にそれぞれの日常の仕事をしてると思うんだけど……」

「ところが、それだけじゃあないんだな」

友人は得意げな顔になっている。

秋田出身の知り合いに聞いたんだけど、と、彼はつづける。

「たしかにアレをやってるのは地元の人さ。ただ、その地元の人たちは大晦日という檜舞台で活躍するために、毎日のように本番に向けての練習を欠かさないんだ」

「練習？　何の？」

「怠け者を戒める、なまはげの練習さ」

「はあ……」

いまいちピンと来ず、尋ねてみる。

「戒めるって……怠け者なんて、どこにいるんだよ」

「いるじゃないか、動物園に」

「は？」

「動物のナマケモノが。じつはね、秋田ではなまはげの練習用に密かにナマケモノがたくさん飼われてるんだよ。そいつらを相手に、なまはげたちは、こう迫るんだ。悪い子はいねがぁ、泣ぐ子はいねがぁ、って。そうやって、迫力を出す練習をするってわけ」

友人は真顔でつづける。

「本番さながらに本腰を入れて脅すから、ナマケモノのほうも大慌てでさ。鳴き声をあげたり、走って逃げたり」

思わず呟く。

「それって、倫理的には大丈夫なのかな……ナマケモノってデリケートな生き物だって聞くし……」

「もちろん、程度はわきまえてね。それに、ナマケモノにとっても、そんなに悪いことじゃなくて」

「どういうこと？」

「なまはげに何度も迫られるうちに、感化されていくんだよ。しばらくすると、ナマケモノはキビキビと行動するようになる。わざわざ戒めるまでもなくね」

友人は、したり顔で言う。

「だから秋田のナマケモノには、ハタラキモノという異称があるとか、ないとか」

岩手　河童（かっぱ）の釣り堀

岩手旅行で一番楽しみにしていた場所は、遠野（とおの）だった。

昔、柳田国男（やなぎたくにお）の『遠野物語』でその日本独自の民話世界に浸（ひた）って以来、いつかは訪れてみたいと思っていた。

座敷童（ざしきわらし）、天狗、巨人……中でも河童には特別惹（ひ）かれるものがあって、遠野に行けばあるいは見られやしないだろうか。時おり、そんな空想を抱くほどだった。が、よもやそれが現実のことになろうとは思いもしなかった。

念願叶って現地を訪れ道を歩いている最中に、目を疑った。


【河童の釣り堀】

そんな看板を掲げた建物を見つけてしまったのだった。

ただ、一瞬固まったあとで、おれは冷静になってこう考えた。なるほど、観光客向けの話題づくりかと。きっと、河童の人形なんかをおもちゃの竿で釣りあげるとか、あるいは、きゅうりをぶらさげた竿を渡されて、それっぽい写真でも撮影してくれるとかだろう。

いずれにしても、せっかくここまで来たことだしな。

おれは五百円の入場料を支払って建物の中に入った。

糸の先にきゅうりのついた竿を手渡されたところまでは、じつに予想通りだった。

が、釣り堀の中を見て、おれは度肝を抜かれた。

濁った緑色の水を湛える堀の中には、無数の黒い影が蠢いていた。それは大なり小なり人と同じような形をしていて、何やら背中に甲羅のようなものがある。水面近くに浮いてきたひとつに目をやると、頭のてっぺんに皿みたいなものが光っている。口の先は尖っていて、どう見たって河童である。それが、そこここにうようよいるのだった。

「お客さん、釣り方がお分かりになりませんで？」

気がつくと、店員が隣にやってきていた。

「お好きな席に腰かけて、きゅうりのついた糸を垂らす。あとはひたすら待ちつづける。それだけですよ」

にやにやと奇妙な笑みを浮かべる店員に、おれはかろうじて口を開く。

「あの……ここにいるのは……？」

「やですねぇ、河童ですよ」

「河童って、あの空想上の、ですよね……？」

「もちろんです。ただし、空想上の、というのは間違いですがね。現に、こうして目の前に」

店員の指差す先には、たしかに泳ぎ回る河童たち。

「うちのような遠野の一部の家系は、昔から河童たちと親交があるんですよ。あまり知られていませんがね。私らとしては別に隠し立てしているわけではないんですが、世間の人たちは気味悪がって信じたがらないんですよ。ときどき風変わりな観光客が興味を示すようなので、遊び心も取り入れて、こうして釣り堀を営んでいるというわけでして。河童釣りは、なかなかおもしろいものですよ」

「たしかに、普通の釣り堀とは違いそうですが……」

「一番違うのは、食いついてから釣りあげるまでの壮絶な闘いでしょう。何時間も、時には終日、神経を研ぎ澄ませて河童と格闘しなければならないんですから。精神を消耗しますし、持久力も求められる。巨大魚に匹敵するエキサイティングな釣りができますよ」

おれは、マグロを一本釣りしている人の姿を思い浮かべた。筋骨隆々(りゅうりゅう)の男たちが、撓(しな)る竿を力の限り引きあげる……あんな感じだろうか。

ふと、疑問が湧いて尋ねてみた。

「ちょっと思ったんですが……」

「はい、なんでしょう」

「先ほど、昔から河童たちと親交がある、とおっしゃいましたよね？　それなのに、ですよ？　河童をこんなふうに釣り堀に入れるだなんて、そんな扱いをして河童の側は怒ったりしないんでしょうか……」

それこそ、末代まで祟(たた)られたりしないものかと不安になった。

「いえ、大丈夫です。そこのところは、持ちつ持たれつですからね」

「持ちつ持たれつ……？」

「何もここは、人間たちだけにとっての釣り堀ではありませんので」

店員はまたも、にやにや笑う。

「よく河童との力勝負に負けて、釣り堀に落ちる人がいるんです。いわば、ここは河童にとって人間を釣ることのできる釣り堀でもありましてね。いい遊び場になっているんです。ですからもちろん、河童たちからもちゃんと入場料はもらっていますよ」

山形　氷の怪獣

山形の祖母から聞いた話です。山形の東部にある蔵王という場所には、古くから怪獣たちが棲んでいるのだというのです。

氷の怪獣、雪の怪獣。その呼び方は様々のようですが、冬になると、彼らは徐々に姿を現すらしいのです。

ところで、樹氷、というものをご存知でしょうか。

蔵王は樹氷で有名な場所でもあるのですが、それは自然の生みだす芸術品。針葉樹であるアオモリトドマツが凍結し、雪を被ってつくりだされる天然の美です。

太く低いもの。細く高いもの。いろいろな形をした青白い樹氷が晴れた雪原に立ち並ぶ様子はどこか現実のものではないような印象さえ与え、人々を惹きつけてやみません。

実際、しばらく樹氷を眺めていると、なんだか目の前の物体が生き物のようにも思えてくるほどです。まるで動きだしそうだ。中には、そんな言葉を吐く人もいます。

じつは、その樹氷の異名が先ほど申し上げたものたちなのです。

氷の怪獣。雪の怪獣。

その名の通り、樹氷というのは怪獣の姿にじつによく似ています。

そして、それは姿形だけの話ではないのです。

まるで動きだしそうだ。

その言葉は的を射ているのだと、祖母は語ります。

夜。雪原。

星明かりに照らされて、蔵王にはいくつもの樹氷が怪しく浮かびあがります。

夜は次第に更けていき、寒さがいっそう募ったころ、その現象は起こります。

静かに青白く光っていた怪獣たちが、のそりのそりと闇に動きはじめるのです。

緩慢な動きは次第に活発になっていき、雪原は怪獣たちのパーティー会場へと様変わり。あるものは豪快に雪を食らったり。あるものは夜空に向かって低い声で唸ったり。

まるで動けない日中の鬱憤を晴らすかのように、あたりは活況を呈します。

怪獣たちは、そうして明け方まで動き回り、日の出とともにぴたりと動かなくなります。いつしか、夜の出来事が嘘みたいな静寂です。

ですから蔵王では、一夜のうちに樹氷の位置が変わる、なんていうことがざらにあります。怪獣たちは喧噪に酔ううちに、自分のもと居た場所を忘れてしまうのです。

ですが、地元の人でなければ、まず気がつくことはありません。樹氷を連日、同じところから観察する人などいませんからね。偶然、違和感を覚えたとしても、雪のつき方が変わったか、あるいは陽の差し方が変わっただけだろう。そう思うことで疑問はすぐに霧消していく。樹氷はもはや微動だにせず、怪獣の存在になど思い至ることすらありません。

さて、ある年のことです。例年にはない出来事が、夜の蔵王で起こりました。

餌と間違えてしまったのでしょうか、はたまた機嫌を損ねでもしたのでしょうか。怪獣のひとつが、別の怪獣にいきなり食らいついたのです。

嚙みつかれた怪獣もすぐに応戦し、二つは縺れるように組みあいました。

騒然とした空気は、すぐに周囲に連鎖していきます。

近くにいた怪獣たちも食いあいをはじめ、あっという間に世界は異様な興奮のるつぼと化しました。もはや秩序などありはしません。何の因果ではじまったことなのか、そんなこととは無関係に、怪獣たちは本能の赴くまま快楽に興じるように貪りあいます。

祖母は、まるで自分の目で見ていたかのように、ありありとそのときの様子を話します。

個体数は時間とともに減じる一方だったといいます。怪獣は怪獣を腹の中に収め、一回り大きな雪の塊となって、また新たな個体を食らいます。

明け方近くになって、ようやく騒動は落ち着きを見せました。

が、その影響は計り知れないものがあり、蔵王が再び元の景色を取り戻すには、ずいぶん長い時間がかかったということです。

その間、蔵王を支配していたのは、たったひとつの勝利者だったのだと祖母は言います。

晴天のもと陽を受けて聳え立つは、一本の異常に太く大きなアオモリトドマツなのでした。

宮城　政宗（まさむね）の月

ほほう。そのようなお話をどちらから。一般には、ほとんど知られていないはずなのですが。

なるほど、政宗様の遠縁にあたられる。代々伝わる話を耳にされたというわけですか。

それならば、ちゃんとお話しさせていただいたほうがよろしいでしょう。

おっしゃるように、当館に展示している政宗様の兜（かぶと）は模造品です。

もちろん、公（おおやけ）には本物ということで展示をしています。ですが、この三日月をあしらったような兜は、政宗様の本物の兜のほんの一側面を表しているに過ぎないのです。

伊達（だて）政宗。戦国大名にして仙台（せんだい）藩の初代藩主。幼少期に右眼を失い隻眼（せきがん）となったことでも有名な武将ですが、いまではここ宮城を象徴する方となりました。

伊達政宗と聞いてすぐに思い浮かぶのは隻眼を覆う眼帯でしょうけれど、もうひとつは兜の上で美しく輝く黄金色の三日月でしょう。この兜の三日月には、ある秘密が存在しているのです。

じつは、展示していないほう、本物の政宗様の兜の上で輝いているのは三日月ではないのですよ。

いいえ、厳密に言うと、少し違います。三日月が輝いているときもあれば、そうでないときもあるのです。

あの装飾に起こる現象の謎は、ずっと分からないままでした。それが、つい最近の調査により、ようやく一部が明らかになってきました。

どうやらあの装飾は月とまったく同じ物質構成によりできているらしく、それゆえに、特別な現象が起こっているようなのです。

満ち欠けするという、世にも奇妙な現象が。

現実の月と同調して、兜の上で光る月も夜ごと変化していきます。

ある夜は、皓々(こうこう)と輝く満月に。

ある夜は、闇をも取りこむ新月に。

古文書によると政宗様は毎夜それを床の間に飾り、隻眼で観賞しながら盃(さかずき)を傾けていたのだといいます。いったい、何をお考えになり、どういうお気持ちで眺められていたのか。いまとなっては分かる術もありませんが、どうやらそれを戦の参考にされていたようだという記述が残っています。

兜の装飾が新月となっている前後。不吉なことが起こるとし、戦は避けていたようです。

装飾が満月である前後。これもどうやらあまりよろしくないらしく、政宗様は避けていらっしゃった。

では、最も勝機が高まるのは、どんなときだったのか。

それが、三日月であるときだったというわけです。政宗様は戦をする際、決まって兜の上で三日月が輝いている期間を選んだのです。

後年、政宗様の兜の模造品がつくられた際、自ずと三日月があしらわれることになったのは、そのときの印象が人々の心に強く残っていたからでしょう。

対する本物の兜のほうは、政宗様の死後、特別なものとして大切に保管されることとなりました。なにしろ世にも不思議な兜なのです。下手に人々の好奇の目に触れさせるのは得策ではないと、血縁者たちに判断されてのことだったようです。

しかし、その本物の兜も、長いあいだ一族の持つ蔵の奥で手つかずのまま放っておかれる運命にさらされます。

時は流れ世も移り、仙台の町は政宗様の生きた時代から遠く離れたものとなりました。兜が再び日の目を見ることになったのは、幾世代も経ってからのことです。末裔（まつえい）にあたるひとりの方が蔵の中で発見し、古文書と照らし合わせて政宗様のものであると判明したのです。

時間の経過と相応に兜は古びてはいましたが、装飾は変わらず満ち欠けをしていました。

数百年前の当時と比べ、科学技術もずいぶん進歩しています。兜は秘密裡（ひみつり）に調査機関に送られて、研究が進められることになりました。そして最近、兜の装飾は月と同じ物質でできているという、先に申し上げた事実が明らかとなったのです。

ただし、それ以上のところはまだ現代の技術によっても分からないことが多いようです。なぜ満ち欠けを繰り返すのか。その仕組みも、目下（もっか）のところ研究中と聞いています。

そうそう、もうひとつ、最近の研究によって判明したことがあります。

先ほど、兜の月は現実の月と同調しているらしいと申しました。それは何も満ち欠けの具合の話だけではないらしいことが分かったのです。

おそらく、政宗様の時代には存在していなかったのではと推測されていますが、兜の月の表面におもしろいものが見つかりました。きっと政宗様のお亡くなりになったあと、世の移り変わりとともに兜の月も変化していったのでしょう。

顕微鏡で仔細（しさい）に調査したところ、その表面に小さな小さな旗のようなものが立てられているのが見つかったのですよ。どうやらそれはアメリカの星条旗らしく、アポロによるものではないかというのが最新の見解です。

福島　頷く男

「いけない、いけない、ついうっかり。気をつけなくちゃいけないのに……」

会話の途中、友人はハッとなった様子で口にした。突然発せられた脈絡のない言葉に、おれは首を傾げて彼に尋ねた。

「気をつけるって、どうかした？」

「あ、いや、ごめんごめん、こっちの話で。それで、何だったっけ」

友人は何事もなかったかのように会話を戻そうというそぶりを見せた。そうなると、何のことだか余計に気になってくるのが人情だ。

「何だよ、何かあるなら隠さず言ってくれよ」

「別に隠すってほどのことでもないんだけど……」

「気になるじゃないか」

しつこく迫ると、友人はようやく口を開いた。

「癖のことで、ちょっとね」

「癖？」

「そう、近ごろ妙な癖がついてて。ていうのが、うちの会社に入ってきた新入社員の影響で……」

黙って先を促すと、友人はゆっくり話しはじめた。

「何か月か前におれの下に配属されてきたやつなんだけど、人の話を聞いてるのかいないのか、薄気味悪い反応をして。

おれが何か話しだすとするだろ？　そしたら、やたらと頷きやがるんだよ。うんうんうんって、小刻みに、何度も何度も。

あんまり口数の多いやつじゃなくてさ、目だけは大きく見開いて、不健康そうな表情で頷きつづけてくるもんだから、こっちもなんだか話す気をそがれてね……堪らずそいつに、揶揄する気持ちでこう言ったんだ。

まるで赤べこみたいだなって。

分かるかな、福島の伝統的なおもちゃ。全身が赤く塗られた牛で、頭のところを突いてやると、こくこくと頭が揺れるアレ。

目の前で頷きつづけるそいつは、その赤べこが頭を揺らす様子にそっくりに見えたんだ。で、おれは言ってから気がついた。そういえば、たしかそいつの出身地も福島だったな、と。

皮肉なもんだなぁ。

こっちはそう思っても、当人は響いてるのかいないのか、うんうんと繰り返し頷くばかりだった。

それからも毎日、そんな調子でさ。リズムが狂うっていうか。もちろん、直接注意したこともあったけど、やっぱり頷くだけで変わらない。

で、そのうち妻にこんなことを言われてね。

あなた最近、やたらと頷いてばかりねって。

よくよく聞くと、話してるときに意味もなく相槌を打ってるって言うじゃないか。まさか新入社員のあいつじゃあるまいしって心外に思ったんだけど、その妻の話を聞いてるときにも無意識で頷いてたらしくって、その場で指摘されてハッとなった。おれはいつの間にかあいつの癖がうつって、自分の嫌悪してた頷く男になっちゃってたんだよ。

これはすぐにやめないと。

おれは自分に言い聞かせて意識した。でも、癖ってのは恐ろしいもので簡単には直らない。妻にはもちろん、上司なんかからもそれとなく注意されることがつづいて。

おれは、こんな想像をして嫌な気持ちになった。

新入社員のあいつと二人で向かい合ってるときなんて、傍から見ると赤べこ二つがこくこくこくと頭を振ってるようにしか見えないんじゃないかって」

「なるほど、それで」

おれは口を挟んだ。

「いまも、おまえは無意識のうちに頷いてしまってた。だから気をつけなくちゃっていうことか」

ひとり納得していると、友人は言った。

「いや、もちろんそれもあるんだけど、それだけじゃなくて。じつはこの間、事態はとうとうもっと悪い方向に転がってね」

「もっと悪い……?」

「あまりに頷き過ぎたんだろなぁ。ついに、おれの首は根元でぽっきり折れてしまったんだよ。幸いすぐにくっつけたから大事には至らなかったんだけど、それ以来、余計に気をつけるようにしてるってわけ。さすがに二度も折れるのはごめんだからね。ほら、見てくれよ」

そう言って、友人はシャツの襟をめくって見せた。その首元には接着剤のあとがあり……。

第二部

関　東

栃木　餃子の羽

餃子好きのおれは、栃木の宇都宮を訪れるのを楽しみにしていた。

宇都宮といえば、餃子の聖地だ。

電車を降りるとおみやげショップを中心に餃子をあしらったものが溢れていて、心は自ずと弾みはじめる。いわゆる人気店にはそんなに惹かれるタチではないので、特に下調べもなく店探しを開始した。

たらふく餃子を食べられる店はないか……。

目を光らせながら町の中を彷徨っていると、一軒の店が目に入った。

——餃子、捕り放題——

そのとき、おれの頭の中はクエスチョンマークでいっぱいになった。

食べ放題の間違いかな？

そう思いはしたものの、そんなミスがあるものだろうか……。

疑問を抱きながらも好奇心には抗うことができず、おれはその店に入ることに決めた。

なぜだか二重になっている扉を開けた途端、予想外の光景が目に飛びこんできた。テーブルも椅子もない奇妙な空間の中に、何かが大量に飛んでいたのだ。

うわ、虫だ！

一瞬そう思い、すぐに気づいた。

いや……餃子⁉

混乱して後ずさったところを店の人に捕まった。

「いらっしゃいませ。どうぞ、これを」

訳が分からないまま、無理やり虫籠と虫捕網を渡された。

「ちょっと、何なんですか⁉」

思わず叫ぶと、店の人は言った。

「なるほど、その様子だと知らずに入ってきた方ですね。店の看板に書いてあったでしょう？　うちは餃子捕り放題の店なんですよ。制限時間の三十分以内で、捕れた分だけ餃子を持ち帰っていただけます」

「いやいや、その前に……」

肝心なところを聞かずにはいられない。

「どうして餃子が空を飛んでるんですか！」

店の人は冷静だ。

「どうしてって、餃子には羽があるじゃありませんか」

「はい？」

「羽ですよ、餃子の羽。聞いたことくらいあるでしょう？　その羽で空気をとらえて飛んでいるんです」

餃子好きが餃子の羽を知らないはずはない。あの薄く張りだしたパリパリの部分のことだ。でも、それが飛べるということと直結しない。

疑問を投げても、店の人は何食わぬ顔で言う。

「そう言われましても。実際、こうして飛んでいるじゃありませんか」

改めて目の前の光景を見る。たしかに、ぶんぶん飛んでいるのだ。焦げ目のついた焼き餃子が。

確固たる証拠を突きつけられると、反論の余地はない。

「納得していただけましたか？　では、いまから三十分ですよ。はい、どうぞ」

店の人は一方的にそう告げた。すべてを受け入れられたわけではなかったが、こうなると現実に向きあう道しか残されていない。

残り時間は三十分……。

虫捕網を持つのなんて何十年ぶりだろうと思った。子供のころ、虫を探して野原や公園を走り回っていたのを思いだす。

目の前を餃子が横切ると、反射的に網が出た。そのままパッと地面に伏せると、網の中でもがく餃子がそこにいた。

まさしく虫捕りと同じ要領だった。子供のころは、友達から虫捕りキングと呼ばれたものだ。ナメるなよと血が騒ぎ、いつしか餃子捕りに夢中になった――。

「お客さん、時間ですよ」

声を掛けられて我に返ると、籠の中は餃子でぎゅうぎゅう詰めになっていた。

「なかなかお上手なんですねぇ」

店の人は餃子を籠から袋に移す。餃子は袋の中で窮屈そうにもぞもぞしている。

「うちはお持ち帰りのみなので」

渡されたそれを手に取った。

「では、またご贔屓に」

おれは追いだされるように送られて、そのまま帰途についたのだった。


家に帰り、袋からひとつずつ取りだしながら捕った餃子を食べてみた。命が宿った餃子は活きがいいということだろうか、得も言われぬ美味に目を瞠った。

そこまではよかったのだ。

問題は、その後に起こった。

袋の口をきちんと閉めなかったのが災いした。気づいたときにはもう遅く、餃子が逃げだしたあとだった。

餃子は部屋の中を飛び回り、翻弄されているうちに姿を消した。

それからだ。夜な夜な異音に悩まされるようになったのは。

どうやら餃子は家の中に巣食ったらしく、深夜にぶんぶんいう音で目が覚めるようになってしまった。

ずいぶん困ったことになったなぁ……。

そう思ったが、ことはそれだけでは済まなかった。異臭問題も持ちあがったのだ。

いまおれは、我が家に立ちこめるニンニク臭に顔を歪(ゆが)めている。

群馬　湯の蜂(はち)

群馬の草津(くさつ)温泉に行ったときのこと。おみやげ屋を覗(のぞ)いていると、ずらりと黄金色に輝く瓶が並ぶ棚を見つけた。なんだろうと近寄ってみると、蜂蜜(はちみつ)だった。

へぇ、温泉地で蜂蜜――。

自分の中に群馬＝蜂蜜というイメージはあまりなく、温泉蜂蜜なんていうのも聞きなれず、少し意表を突かれた思いがした。

と、ひとつを手に取ってみると、パッケージにこんなことが書かれてあった。

【100％湯の花から採れた蜂蜜です】

意味が分からず、首を傾(かし)げた。

湯の花、という言葉は聞いたことがある。湯に溶けない成分が集まってできた小さな塊（かたまり）で、温泉に浸（つ）かっているとあたりをふわふわ漂っていたりする。

湯の花のことをちゃんと知ったのは、ここ草津温泉に来てからだ。草津には町の中心地に湯畑（ゆばたけ）というものがあって、木製の樋（とい）に湯を流して湯の花を採取している。その光景は湯畑という名にふさわしく、まるで何かを栽培しているかのようだ。

「すみません、ここに書いてあるのはどういう意味なんですか？」

手のすいていそうな店員に声を掛けた。

「この、湯の花から採れた、というのは……」

「そのままの意味ですよ」

店員は感じよく応じてくれた。

「草津には、湯の花から蜜を集める変わった蜂がいましてね。それを飼育して、巣から蜂蜜を採取しているわけなんです」

「湯の花の蜜？」

つづけて尋ねる。

「……ですが、そもそも湯の花というのはたとえであって、本物の花じゃありませんよね？」

「ええ、たしかに鉱物などからできています。なので、それから蜜を採る特殊な蜂が存在するということなんです」

「へぇぇ……」

それじゃあ、と聞いてみる。

「この採れた蜂蜜も、普通のものとはどこか違うんですか？」

見た目は蜂蜜そのものだった。が、何かがありそうな感じがした。

店員は頷き、口を開く。

「食べていただくのが一番でしょう。よろしければ、試食されますか？」

そう言って奥から瓶を持ってきて、スプーンに掬って渡してくれた。

ほのかな硫黄の臭いが鼻をつく。

「いただきます」

口に含むと、硫黄の臭いはいっそう増した。

しばらくすると、身体が俄かにぽかぽかしてきた。それを察したか、店員が言った。

「温かくなってきましたか？」

「ええ、なんだか急に汗ばんで……」

「この蜂蜜の特徴なんです。温泉に浸かっているのと同じような効能が得られるんです」

「同じような？」

「単に身体が温かくなるだけではありませんよ。これを舐めると温泉に入ったあとのように肌がすべすべになるんです。ほかにも関節痛や神経痛にも効きますし、肩凝りや筋肉痛、疲労回復効果も見込めます」

「すごい、まさしく温泉そのものですね！」

こんなものがあったなんてと驚くと同時に、ある種の感動にとらわれていた。

「蜂蜜同様、栄養も満点なんです」

ただし、と店員は言った。

「ひとつだけ、風邪を引かないように気をつけていただく必要はありますが」

「……どういうことですか？」

聞く限り、逆じゃないかと不思議に思った。そもそも蜂蜜は風邪によく効くと聞いたことがある。それに加えて温泉の効能があれば万能じゃないかと考えたのだ。

店員は説明してくれる。

「身体が温かくなるからといって、食後に涼しいところに長居したりするとダメなんですよ」

なぜなら、と店員。

「湯冷めしてしまいますから」

茨城　ナットゥーマン

「ご当地ヒーローの募集があったんです」

男はそう口にした。

「そのときは、まさかこんなことになるなんて思いもしませんでした……」

家の中は薄暗く、ところどころに蜘蛛(くも)の巣が張っているのが見て取れる。

私はこぼした。

「ナットゥーマン……」

男は卑屈げな笑みを浮かべる。

「そうですよ、私がナットゥーマン。正義の味方のね」

茨城は納豆の生産量で全国一位を誇る県だ。特に水戸(みと)の納豆が有名で、稲の藁苞(わらづと)に包まれたそれはなんだか歴史を感じさせる。

「それで、あなたは応募したというわけですか」

「ええ」

「選考方法は、いったいどのような？」

「まず納豆に関する知識の試験がありました。そして志望動機などを聞かれる面接があって、それを突破したのちにヒーローとなるための肉体改造が行われたんです」

「肉体改造……」

男は頷き、研究員に蒸し暑い部屋に通されたのだと言った。

そこには寝袋サイズの藁苞が用意されていて、中に入るように指示されたらしい。身体をねじこむと、熱気にむんと襲われた。聞けば、納豆菌を活性化させるべく、温度は四十度に保たれているという。

汗をだらだら流しながら、男は藁苞の中で一夜を過ごした。そして菌の作用で発酵し、男は納豆男、すなわちナットゥーマンへと改造された。

「ネーミングのセンスに疑問を感じるところはありましたが、正直、やはりワクワク感のほうが圧倒的に勝っていました。事前の説明で聞かされていましたからね。これはコスプレの延長のご当地ヒーロー計画なんかとはわけが違うと。例に出されたのが、あの映画です」

　男は、アメリカ生まれの蜘蛛のヒーローの名前を口にする。

「計画では、あれみたいになってもらう予定だと言われました。手のひらをパッと差しだすと、びゅっと糸が飛びだして付着する。本家は蜘蛛の糸ですが、こちらは納豆の糸というわけです。そして糸を駆使してビルの間を飛び回る。時には粘つく身体で高い壁を這(は)いのぼり、火事で取り残された善人たちを救いだしたりもする。素晴らしいビジョンに、痺(しび)れましたねぇ。

　ところがですよ」

　流れを察し、私は言う。

「いざナットゥーマンになってみると、話が全然違っていた……」

　力なく、男は頷く。

「藁苞から出た瞬間、身体中がネバネバしていて、私は生まれ変わったことを実感しました。まるで培養液から出てきたばかりの人造人間のようで、かっこいいなぁと我がことながら思ったものです。

　さあ、まずは汚れを落として、さっそく困った人たちのもとに駆けつけよう。

そう勢いこんで、研究員に連れられてシャワー室へと向かいました。

妙だなと気がついたのは、そのときです。

洗っても洗っても、まったくネバネバが取れないんです。事前の話では、自分の好きなときに自由自在にネバネバを出したり引っこめたりできるということでした。が、自由自在どころかそれは取れもせず、身体をこするたびに絡みつくように強く太くなる一方です。

それだけなら、まあ、まだやりようがあったかもしれません。もっと悪かったのが、臭いの問題でした。

身体中から納豆独特の異臭が漂っていたんです。しかもネバネバと同様、いくら洗っても取れません。

研究員は平静を装おうとしていましたが、明らかに狼狽している様子でした。私は直観的に悟りました。改造は失敗したのだと。

手から出るはずの糸も思うように出やしませんし、壁にへばりつこうが、ねちゃっとなるだけで、のぼれやしません。

話が違うじゃないかと激怒しました。しかし、もはやすべてが手遅れです。研究員からは平謝りされ、なんとか内密に頼むと言われましたよ。今後、暮らしを一生保障する。生活に困らないよう、市販の納豆みたいに身体を包める特注フィルムスーツも提供する。いろいろな条件を並べ立てられたうえ、最後は現金を握らされて、私はついに屈しました。

ですが、またもや蓋（ふた）を開けてみれば、ですよ。特注スーツとやらはほとんど役に立ちませんし、どういう仕組みか、家の部屋には隅々に勝手に糸が張る始末で、まるでボロ屋です。見てください」

私は改めて周囲に目をやった。そこここにある蜘蛛の巣だと思っていたものは、よもや……。

「ええ、すべて納豆菌によるものです。そんなこんなで、とうとう我慢は限界に達しました。そこでこの現状を暴いてもらうべく、今回の取材をお引き受けしたという次第です」

「そうだったんですか……」

もし男の語ることが真実だとするならば、とんでもない話である。まだまだ関係者への取材を重ねる必要はあるものの、少なくとも、男の目は真剣そのもので嘘をついているようには見えなかった。

最後にと、私は躊躇いながらも尋ねた。

「……ナットゥーマンになって、よかったことは何もなかった、のでしょうか」

男は間髪を容れずにこう答えた。

「ありませんね」

そのあとで一拍置いて、いや、とつづけた。

「強いてあげろと言われれば、ひとつだけ、ないことはありません」

「それは……」

「食器がきれいに洗えるようになったことです」

「はい？」

男は溜息混じりに口を開く。

「ご存知ですか？　もともと納豆のネバネバには、汚れを落としやすくする作用があるんですよ。ですから、私の洗う食器はすべてピカピカのツルツルになるんです。皮肉なものですよ、食器ばかりがきれいになって。私の身体のネバネバは、決して取れやしないというのに」

千葉　チバリョーシカ

長寿の町があると耳にして、私は千葉のとある町を訪れた。都会暮らしが長いからか、私にとって町の時間はずいぶんゆっくり流れているように感じられた。

レンタカーを走らせているとみやげ物屋が目に入り、車を寄せることにした。

店には地元のお菓子や酒が置かれていたが、目を引いたのは棚の一角だった。

そこには、親指ほどの人形がずらりと並べられていた。……いや、近づいてみて驚いた。それは普通の人形ではなかった。縦に据えられた落花生に、顔が描かれたものだったのだ。

「お客さん、それはチバリョーシカというもんだわい」

店主らしき老人が寄ってきて私に言った。

「チバリョーシカ……？」

「まあ、ダジャレみたいなものさ。マトリョーシカをもじったな」

マトリョーシカは、たしかロシアの民芸品だ。

ダルマ形のその人形をパカッと上下に開いてやると、中に一回り小さな同じ人形が入っている。それを開くと、さらに小さな人形が入っている。そしてそのまた中には……そういう具合で、入れ子構造になっているのだ。

「あのロシアのマトリョーシカと、何か関係が……？」

「千葉は落花生の産地だが、これはここらでだけ生産される特に変わったもんでなぁ。殻を剝くと、中からまた殻付きの落花生が出てくるんだよ。さらに剝くと、また落花生。そんなふうに、まさしくマトリョーシカの落花生版とでもいったような代物なんだ。千葉でとれるものだから、チバリョーシカ、とな」

「……それじゃあ、肝心の実はずいぶん小さいことでしょうねぇ」

私は思わず口にした。

しかし、店主は首を振った。

「実など、ありゃせん」

「ない!?」

「いや、正確には誰も確認した者はおらん。なにせ、どこまで剥いても殻、殻、殻なんだからなぁ」

「……それは、猿に与えたラッキョウの話みたいなものですか？」

いつか聞いたことのある話が浮かんできた。ラッキョウを与えると、猿はすぐに剝きはじめる。ところが彼らはどこから皮でどこから実かの判断がつかず、いつまでも剝きつづけるというのである。そのうち全部を剝ききって、ついには何もなくなってしまう……。

そんなような話かと思ったのだが、店主は、いや、と否定する。

「いつか来た学者先生も同じようなことを言っとったわ。絶対に中身を暴いてやると意気ごんでいたんだがな、拡大鏡なんかを取りだして、止めるわしらの声も聞かず、いつまでも憑かれたように殻を剝きつづけておった。

だが、実には一向にたどりつかず、そのうち研究室に持ち帰るのだと主張しだした。やめておけと言うたんだが、目がおかしくなっておったわ。

風の噂では、その後、最新の顕微鏡まで新たに導入して調べたらしい。どこかの外部機関の協力も仰いだということだが、ついに実は姿を現さず、奇声をあげて失踪してしもうたということだ。

その男に限った話じゃない。実に取り憑かれたという話はわんさかあってな。この実は別名、悪魔の種子とも呼ばれている。

だからこうして下手にいじらず、人形にでも仕立てて飾っておくのが一番なんだ」

「なるほど……ですが、そうまで言われると行き着く果てに何があるのか気になりますねぇ……」

私は好奇心を刺激されていた。ミクロの先、極限の世界にあるのはいったい何か。なんだか宇宙の秘密とも繋がっていそうな気がしてきて、ワクワクした。

それに、だ。こういった自然界の謎を解明しよう、したいという心こそが科学を生みだし、様々な文明の利器を生みだしてきたのではないか……。

が、店主は穏やかにこう言った。

「悪いことは言わん、深く考えないことだ。この町の住人は、みなそうしておる」

「でも……」

私の言葉を遮って、いいや、と、彼は優しくも強く首を振る。

「とにかく頭を空にして考えない。それが誘惑から逃れる唯一の術であり、この長寿の町を生みだした長生きの秘訣というやつでもある」

埼玉　桜色の絨毯

埼玉にある妻の実家から送られてきたのは、桜色の絨毯だった。一緒に添えられていた便箋には、こんなことが書かれてあった。

――先日、秩父にある「芝桜の丘」というところに行ってきました。芝桜は、鮮やかなピンクが印象的な小さくてかわいい花。お父さんと二人で存分に楽しんできました。送った絨毯は、そこに出ていたお店で買ったものです。二人の新しい家にぴったりだなと思って、相談もせず衝動的に手に取ってしまいました。

まるで本物の芝桜みたいな絨毯でしょう？　じつは造花なんかじゃなくて、まさしく本当の植物なんですって、これ。品種改良で芝桜を一センチくらいの大きさにして、人が座っても大丈夫なように強くして。花びらも、ちょっとやそっとでは千切れません。

水をあげる必要はありますが、やり方は至って簡単。ホットカーペットみたいに、スイッチのオンオフをするだけでいいんです。ただし、コードをつなぐ先はコンセントじゃなくて水道の蛇口。そこから水を引いてくるというわけです。

香りもとてもいいですから、リビングにどうかなと思ってお送りしました。気に入ってもらえればいいのですが——。

おれと妻は、さっそく絨毯を広げて床に敷いて座ってみた。

便箋に書かれていたように、品のいい花の香りが漂ってくる。さわり心地も抜群で、座ったところの花もつぶれることなく立ちあがるとすぐに元に戻った。

その日から、日常生活はずいぶん華やかなものになった。

桜色の絨毯に寝そべって目を閉じると、部屋の中なのに小高い丘の上にでもいるような気分がしてくる。窓から吹きこむ都会の風は新鮮で、爽やかな自然の中で吹く風のように感じられる。ぽかぽかと、穏やかな日差しに降り注がれているようにも感じる。ただの昼寝が、贅沢(ぜいたく)な日向ぼっこに変わったかのようにも錯覚した。

おれも妻もその絨毯がすっかり気に入って、家にいると絨毯の上で過ごしてばかりいた。

読書をするのも、ふかふかの花の丘で。

淹れたての珈琲を飲みながら、妻と二人でピクニックの束の間の休息を。

ときどき雑草が生えてくるので、摘み取ってやる。ペットの世話をしているようでもあった。

ただ、ひと月ほどしたころ。思わぬ事態が生じはじめた。だんだんと花が散りだしたのだ。

妻がすぐ実家のお義母さんに電話をかけた。

「何か分かった？」

「うん、どうやら開花時期を過ぎちゃうと花は散って葉っぱだけになってしまうんだって」

おれたちは残念がりながらも、絨毯の移ろいを見守った。

やがて花はなくなって、葉っぱだけの緑色の絨毯へと変わり果てた。それでもまだ、自然の生気が部屋にはあった。

けれど夏から秋へ、秋から冬へと移り変わっていく中で、その葉っぱも色が次第に褪せていき、部屋はずいぶん寂しくなった。

「これで絨毯ともお別れかぁ……」

呟くと、妻は言った。

「ううん、大丈夫、もう少しだけ時間はかかっちゃうけどね」

「どういうこと?」

「母親から聞いたんだけど……」

妻はおもむろに語りはじめる——。


近ごろ寒さもずいぶん和(やわ)らいで、日差しの中にも春の気配が混じるようになってきた。

いまおれたち夫婦は茶色い絨毯の上で、もうすぐやってくる桜色の季節を楽しみにしているところだ。

東京　虎柄の

最近の山手線では、ラッピング車両がよく見られる。宣伝のため、車両に色を塗るのである。だから、お馴染み（なじ）みのグリーンではない、多種多様なデザインの車両が多くなった。

その事件は、ある日とつぜん起こった。山手線の車両が、なんと走行中にいきなり溶けてしまったのだ。

もちろんみなは大パニック。よくある事故のたぐいではない。テレビには、全身に浴びたどろどろの何かを拭（ぬぐ）いながら線路を歩く乗客の姿が映しだされた。

すぐさま国は調査団を立ちあげて、車両消失の謎の解明に乗りだした。

そして間もなく、どろどろの物質の正体が判明した。

なんと、それはバターだった。

車両は溶けて、バターになってしまっていたというのである。

人々は混乱しながらも、あることを思いだしていた。それは、有名な絵本でのエピソード。

その絵本に登場する虎は、訳あって木の周囲をぐるぐる回る。するとそのうち虎は溶けて、不条理にもバターになってしまうのだ。

人々は一斉に思い至った。車両がバターになった朝。山手線の全車両は同じ模様に塗られていたということに。動物保護の団体が、虎柄の車両を走らせていたのである。

ここに、事件と絵本の類似性が指摘された。

山手線は、環状になって同じところを回っている。そして今回、その車両は虎柄だ。もはや、絵本と同じ現象が起こったことは明白だった。回るとバターになるのは虎だけの話ではなく、虎柄においても同じだったのだ。

国は山手線を全面的にストップして検証した。

普通の車両——変化はない。

キャラクターもの——変化はない。

スプレーアートを描いたもの——変化はない。

虎柄車両――バターになった！

ここに至り、バター化現象の原因が判明したのだ。

調査団は、さらに調べを進めてみた。

すると、バターの味には微妙に違いがあることが判明した。というのが、最終的にどの駅でバター化したかによって、溶けてできたそれの味に差異が見られたのだった。

世知辛い世を渡るサラリーマンが多いからだろうか、新橋や有楽町あたりのバターは塩辛かった。新幹線で甘い夢を運んでくる者が多いからか、東京駅で採れたそれは甘く、新宿バターは怪しい夜の味、池袋は学生が好きそうな濃い味がした。

国はこの発見をどう扱ったものか考えあぐねた。

金輪際、虎柄車両を禁止するのは容易かった。が、なんだかもったいないではないか。

国は解決策を国民から公募。数万件を超える応募案の中から選ばれたのは地方在住の若者の案だった。

これからは、従来の車両の上に薄く虎柄を描くのはどうか。そうすれば、電車は形を保ったまま、かつ、バターも天井から垂れてくるのでは。

この案は実施に移される運びとなって、業者はさっそく薄虎柄車両の開発に着手した。

そしてテープカットのセレモニー当日。偉い人たちが固唾(かたず)を呑んで見守る中、とうとう新車両が走りだした。

その模様は中継され、取材ヘリが上空を飛び回り、車両内に設置されたカメラによるライブ映像も配信された。

誰より緊張していたのは、発案者の若者であろう。彼はゲストとして唯一、車両の中に乗りこむことを許可された。これを毒見ともいうが、若者は快く依頼に応じた。

肝心の車両がどうなったかというと――見事、あっぱれ、当初の狙い通りのことが起こった。すなわち、車両は形を維持したまま、天井のバター化現象が見られたのだ。

かくして山手線の車両はどんどん薄虎柄のものが導入され、やがては全車両が同じ柄へと変わっていったのであった。

と、ここで疑問を感じる者もいるだろう。半バター化した車両が、いったいどうした。服が汚れるだけではないか――。

そう思うことなかれ。

この施策によって得られた効果が素晴らしいのだ。というのが、朝食を食べずに抜く人間の多い昨今において、山手線の乗客の朝食欠食率がぐんと減ったのだった。

いまでは山手線に乗る客は、パンを手にしている者が多い。上から垂れるバターを我先にと受け止めて、朝ごはんにするのである。

神奈川　江ノ電の話

「前世が江ノ電だったんですよ」

と、その老女は口にした。電車に揺られていた私は、思わず耳を疑った。

「いきなり信じろというのは無理な話だと思います。ですが、本当のことなんです」

私は後悔しはじめていた。

先頭車両の一番先っぽ。ただただ電車の行く末を見つめてひっそりと佇(たたず)む老女のことが気になって、なんとなく、声を掛けてしまったのだ。

「江ノ電といえば、緑色の車体に黄色のラインでしょう？　初号機のひとつ——私も昔は同じ色をしていたものです」

老女は遠くを見る目でつづけて言った。

「藤沢から鎌倉までの区間を、毎日とことこ走りました。同じ場所を往復する日々でしたけれど、飽きることはまったくありませんでしたよ。

　江ノ電の走る道はとってもおもしろいんです。

　街なかを走っていたかと思えば、家の壁がギリギリまで迫ってきている狭い場所を走ったり。山沿いの緑の道には紫陽花（あじさい）だって見られますし、潮風の吹く海沿いの道の素晴らしさは言うまでもありません。夕陽が沈んでいく湘南（しょうなん）の海辺は、なんど思い返しても胸が締めつけられるような思いです。

　生まれてから何十年もの間、私はここに住む人、訪れる人を乗せて、安全運転でひた走りました。

　だから最後のとき――廃車になる前のラストランでは、後悔は微塵（みじん）もありませんでした。江ノ電の誇りを胸に抱いて、見納めになる景色を目に焼きつけながら、務めを無事に終えたんです。あとはすべて、後継者たちに引き継いで」

「後継者⁉」

　自（おの）ずと話に引きこまれていた私は、唐突な言葉に声をあげた。

「そんなものが……？」

「もちろんです」

老女は穏やかに頷いた。

「私も結婚して、子供を産んでいましたから」

結婚？　子供？

混乱しながらも、咄嗟におかしな光景が浮かんできた。

そこは、務めを終えた電車が休むための車庫。空間が壁で小さく区切られていて、そのひとつひとつに電車がペアになって入っている。中には小さな車両が線路を外れて動き回っているところもあって、ほのぼのとした雰囲気を醸している。

老女はつづける。

「家族や仕事仲間との別れを惜しみつつ、私は解体されていきました。そうして現世に生まれ変わって、人間になったというわけなんです。

ただ、しっかり仕事を引き継いできたからとは言っても、やっぱり子供のことは気になって」

それでなんです、と老女は言う。

「老婆心とは承知しつつ、こうして暇を見ては電車に乗って、中からそっと仕事を見守っているんですよ」

私は眩暈を覚えつつ、かろうじてこう尋ねるので精一杯だった。

「それじゃあ、この車両は、あなたの息子さんだとでも……？」

すると老女は、いいえ、と言った。

「私を乗せてずいぶん親孝行をしてくれたものですが、息子もすでに引退して、いまは車庫で余生を過ごしています。

いまの私の楽しみは、こうして孫の活躍を見守ることでしてねぇ」

第三部

中　部

新潟 コメ入社

入社から半年たったいまも、心の内では罪悪感が燻（くすぶ）っている。そもそもが、こんな大企業でやっていける実力など最初から持ち合わせていなかったのだ。仕事ではミスをしてばかり。周りに迷惑をかけているのは、自分が一番よく分かっている。

こんな思いに苛（さいな）まれるくらいなら、立場に甘んじたりせず、身の丈にあった会社に就職するべきだったと、今更ながら後悔の念が湧き起こる——。

ここ米どころ新潟には、一風変わった習慣がある。

親のステータスが子供の人生に影響を及ぼすことは、世間ではままあることだ。親が会社を経営している。地元の名士だ。芸能関係の仕事をしている。その形は様々だろう。

新潟でも世間と同じように、これらの影響は無視できないものがある。が、その最たるものが変わっている。すなわち、親が良い米をつくっているという場合である。

新潟では、つくる米――コシヒカリのクオリティーが高ければ高いほど、その人物の評価も高くなるような風潮がある。そして米の効力は子にまで及び、一緒になって周囲にちやほやされるのだ。

これを新潟では親の七光ならぬ、親のコシヒカリという。

かくいう自分も、そのひとり。親のつくる米は高価なブランド米として出回っており、県内外から高く評価されている。そのため小さいころから自分もいろんな人からよくしてもらい、存分に恩恵に与(あずか)ってきた。

物心がついてからは、過度な優遇に引け目を感じないわけでもなかった。自分が何かを成し遂げたのでは決してなく、あくまで親の力なのだ。

が、そのことを自覚しつつも、長年、立場に甘えてきたのも事実だった。地元の大学に難なく入学できたのだって、はっきり言って親の口利きがあったからだ。そして就職のときも同じだった。就活に勤(いそ)しむ友人を傍(はた)に後ろめたさを覚えつつも、親の斡旋(あっせん)で試験を受けることもなく地元の大きな会社に就職することができた。コネ入社ならぬ、コメ入社というわけだ。

ところが、いざ入社してみると、自分の不甲斐なさに愕然(がくぜん)とした。なにしろ周囲は、実力で入社してきた連中ばかりなのである。これといった才能もなく、特別な努力もしてこなかった自分はあらゆる面で力不足を露呈して、甘い考えのまま間違った場所に来てしまったことをひどく後悔した。

ただ、そんな自分であるにもかかわらず、先輩から怒られることは皆無だった。最初は不審に思っていたが、そのうちひとり納得した。親の威光があるために、先輩たちも腫れ物に触るような気持ちなのだろう。

同期の中には、同じコメ入社がいないわけでもなかった。自分から明かすことはないのだが、誰がコメか、風の噂で知れていた。が、彼らが自分のように落ちこぼれかというと、そんなことはまったくなかった。むしろ親の血をちゃんと受け継いで、優秀な部類ですらあった。彼らは質の高いコシヒカリのように、粘り強く仕事に取り組む。

それに比べると、自分は出荷できない、できそこないだな。

そう自嘲気味に考える日々がつづいている。

そんなある日のことだ。先輩から飲みに行かないかと誘ってもらったのは。

怒られでもするのかな。気を遣ってくれてるだけかな。ネガティブな空想は広がるばかりだったが、先輩は開口一番、こう言った。

「いやあ、おまえのおかげで仕事がうまくいって助かってるよ」

はじめは、訝むのみだった。自分を持ちあげて、いったいどうしようというのだろう。はたまた、カミナリを落とす前のフリだろうか……。

しかし、先輩の口調に変わりはなく、ますます不審な気持ちになった。

「先輩、ひとつ聞いてもいいですか？」

思い切って、口を開いた。

「うん？　何か悩みでもあるのか？」

「いえ……お言葉はありがたいんですが、どうしても腑に落ちないんです」

先輩は話に耳を傾けてくれている。

「正直に言って、ぼくは会社のお荷物だと思います。もちろん、がんばりたいという気持ちはありますけど、仕事はできやしませんし、付き合いがいいわけでもありません。なので、先輩からそんなふうに褒めていただく理由がまったく分からずでして……」

同じコメ入社の同期の名前を出して、どうしても彼らと比べてしまうと言葉を継いだ。

先輩は、なるほどと頷いてから言った。

「たしかに、あいつらは仕事ができる。でもな、まあ、それはオマケみたいなもんで。

自分じゃ気づいてないかもしれないが、おまえらコメ入社組には別の大事な役目があるんだよ」

「大事な役目……？」

「ほら、本物の米も物と物をくっつける、ノリの役割を果たしたりするもんだろ？」

あれと同じだと、先輩は言う。

「おまえらコメ社員たちは、うちの会社とクライアントをつなぐ大事なノリになってるんだよ」

長野　賭けソバ

「九割四分！」
「八割七分！」
「九割ジャスト！」

男たちの声が場内にこだまする。ここは長野にある賭博場。賭博といっても法のもとで営まれている公的なものであり、成人になると誰でも参加することができるのだ。

二八ソバ、十割ソバなどといわれるように、ソバはそれに含まれるソバ粉の割合で表現されるものである。賭けソバの勝負の判定は極めてシンプルで、そのソバ粉が何割何分含まれているかを当てるだけだ。

ただし、ソバの仕事に関わったことのある人間、または賭博への規定参加回数を超えた人間は参加資格を持つことができない。経験がものをいうところがあるからだ。賭博場の近くでは、非合法の予想屋がソバ新聞なるものを手売りしていたりもする。

さて、茣蓙に座っているその青年は、初めての賭博に緊張していた。回されてきた賭けソバをずずっと啜ると、次の人に器を回す。そして、食したソバが何割何分のものであるかを予想する。

賭けに参加するにあたって、青年はいくらかの練習を積んできた。自ら自宅でソバを打ち、感覚を身につけようとしたのである。

が、練習と本番ではまるで違った。場の緊張感も違えば、職人の打つソバの味は素人のそれとは比較にならない。

そのため、といってもいいだろう。ビギナーズラックという言葉もある中で、青年は負けに負け、いままさに持ち金のすべてを使い果たさんとしていた。

そのときだった。隣にひとりの男が腰を下ろし、突然声をあげたのは。

「おっさん、ちょっと待ちな」

男は店主に向かって言った。

「あんた、客が予想したあとで中身を入れ替えているだろう」

ソバ粉の割合判定は、専用の測定器によって行われる。まれに、その測定器を改造して違法行為をする不届き者が存在したり、また、いま男の指摘したような中身に関する不正も時おり報告されたりしている。すなわち——。

「そいつは、イカサマってやつだろう?」

指摘された店主は途端に顔を赤くした。

「言いがかりだ! 何を根拠に!」

「おれが間違ってるってんなら、いいだろう、目の前でソバをつくってくれよ。それで真剣勝負といこうじゃないか」

周囲の視線が集中し、店主に逃げ道は残されていない。

「よ、よし、分かった……」

店主はソバのひとつを手に取ってさっと湯がくと器に盛った。男はひとくち啜り、「八割四分」と呟いた。全員の目が光る中、ソバはその場で測定器にかけられる。

「どうだい?」

「は、八割四分……」

チッと店主は舌打ちする。

二番勝負も三番勝負も、結果は男の完勝だった。それまで誰一人として当てることのできなかった割合を迷うことなく即答する。男の手元には勝ち金の紙幣がどんどん積み重なっていき、店主の顔が青くなる。いまや客から巻きあげた分に相当する額が店主のもとから消えていた。

「イ、イカサマだっ！　あんた、プロのソバ打ちだろう！」

「いや」

「証拠を見せろぉっ！」

男はさらりと賭けソバのパスを提示する。店主は偽造を疑ったが、そこにはたしかに公認マークが記されていて、言いがかりをつける余地はない。

男が促し、次のソバが前に置かれる。ひとくち啜り、男はまたもや即答する。

「十割きっちりだ」

店主は測定値を読みあげる。

「じゅ、十割……」

そして、とうとう悲鳴をあげた。

「も、もう勘弁してください……この通りです、私が悪いことをやりました、申し訳ありませんでした」

男は哀れな店主を一瞥すると、観衆に向かって口を開いた。

「さあ、賭け金は取り返したから、自分の分だけ持ってってくれ。なぁ、おっさん、もう阿漕なことをするんじゃないぜ」

うなだれる店主をあとに男は店を出て行った。

青年は自分の金を回収すると店を飛びだし、走って男に追いついた。

「あ、あの、ありがとうございましたっ！」

頭を深く下げると、男は笑った。

「いやいや、気にしなさんな。悪いヤツは放っておけないタチでね」

「……ですが、どうしてあんなにも的中させることができたんですか？」

プロのソバ打ちでないことは示されている。また、いくら手練れの賭博師だとしても、そうそう叩きだせる的中率ではなかったのだ。

「ああ、そのことかい」

男は何でもないことのように言う。

「たしかに、おれはああして数字を的中させることができる。ただ、正確に言うと、じつはおれはソバの割合が分かるわけではなくてね」

「えっ？」

「その代わりに分かるものがあるだけなのさ」

「それは……」

「小麦粉の割合だ」

「小麦粉？」

困惑する青年に、男は言う。

「麺類を食べると、小麦粉の使われている割合が経験的に分かるのさ。そこから逆算して、ソバ粉、というか、小麦粉に対する不純物の割合を算出しているにすぎないんだ。おれはね、いわば普段はゼロ割ソバの打ち手なんだよ」

つまりは、と男はつづける。

「おれの本業は、うどん屋でね」

山梨　ブラッド・ワイン

「ところで、失礼ですがお歳（とし）のほうは？」

肌艶（つや）のいい男に聞かれ、おれは答える。

「二十一です」

「ほぉ……では、酒なども？」

「ええ、多少ですけど」

バックパックの旅で山梨を訪れたおれは、宿を探しているうちに道で声を掛けられた。事情を説明すると、ぜひうちに、となり、泊めてもらえることになった。

出してくれた食事をつまみながら旅のあれこれを話している中、男は台所から一本のワインを持ってきた。

「山梨はワインの名産地でもありましてね。これは、うちでつくったものです」

電灯の光を浴びて赤々と光るワインにはラベルなどは貼られておらず、妖艶な雰囲気を放っていた。

二日酔い防止に役立つからと、男は錠剤を一粒くれた。それを飲み、男が開栓する様子を見守る。コルクがポンと抜け、芳醇な香りが漂った。

注がれたそれに口をつける。と、なぜだか鉄っぽい味がした。

「いかがですか？」

「はあ、えっと、おいしいです……」

すると男が口を開いた。

「遠慮することはないですよ。正直なところをお聞かせください。ちょっと変わった味でしょう？」

おれは躊躇いながらも頷いた。

「ええ、なんというか、独特の……」

「これはブラッド・ワインという代物でしてね」

男はつづける。

「このワインは特殊な葡萄からつくっています。吸血葡萄という品種なんですが、その名の通り野生のものは雉や猪、狸などの動物に寄生して、宿主から血を吸いあげて実をつけるんです」

「血を……？」

「ええ、血液には栄養が豊富に含まれていますから」

おれはグラスから口を離し、机に置いた。男の言葉は、あまり気持ちの良いものではなかった。しかし、おぞましいものを感じながらも直視してくる男から目が離せない。

「うちは、その吸血葡萄を裏の畑で栽培していましてね。生きた豚や鶏などの家畜を与えて、葡萄をみのらせる。そうして採取したものを発酵させてワインに仕上げるというわけです。できあがったものはしっかり鉄の味がして、まるで生き血を啜っているような気分にさせてくれます。同時に素晴らしい酔い心地ももたらしてくれて、上品なことこのうえありません。

実際、そのへんの野蛮な吸血鬼と一緒にされては困るんですよ」

おれは反射的に口を開く。

「吸血鬼？」

「ええ、私たちの種族のことです」

男はにやりと笑みを浮かべる。半開きになった口からは赤いワインが滴（したた）っていて、気がつくと牙のような白い歯が見え隠れしている。

「吸血鬼にもいろんなやつがいましてね。下等なやつらは動物の身体からそのまま啜るという極めて野蛮で原始的な方法で血を摂取していますが、私たちはまったく違います。こうしてひと手間もふた手間もかけて、ワインに昇華してから血をいただく。じつに文化的で知性的だと思いませんか？」

「そうですね……」

おれは適当に相槌（あいづち）を打つ。これは関わり合いにならないほうがよさそうだ……そう思い、席を立とうと試みた。が、なぜだか身体が動かない。

「では、そろそろお暇（いとま）を……」

かろうじて言うと、男は笑う。

「おや、今夜はお泊まりになっていくんでしょう？」

それに、と見透かしたように男はつづける。

「逃げようとしたって手遅れですよ。あなたが先ほど飲んだ錠剤。あれは吸血葡萄の種なんですから」

「え……？」

「もう身動きはとれないはずです。そろそろ胃で発芽したころですよ。しばらくすると身体の中に根を張って、臍から芽が出てきます。ですが、ご安心を。すぐに死ぬことはありません。吸血葡萄はゆっくりと、時間をかけて宿主を生かしたまま血を吸って育ちますので。

それにしても楽しみです。人間の血からつくったブラッド・ワインを飲むのなんて久しぶりですからねぇ」

おれはもはや、口を動かすことすらできない。

「しかも、あなたは二十一歳だと言いましたね？　最高だ……」

男は涎を垂らしながら言う。

「血液にもね、良し悪しがあるんです。宿主による違いもそうですが、もうひとつ、その宿主が生まれた年代によっても質が大きく左右されましてね。

人間の血でいえば、あなたは当たり年と言われる年の生まれなんですよ。出来るワインは、もちろんヴィンテージというやつです」

静岡　才能の芽

静岡に来たからには、茶畑を一目見ておきたいものだ。

出張先での仕事を終えてそんなことを思った私は、車を借りてふらり山のほうへと走らせた。

時間を持て余していたこともあって、地図も見ずに適当に走った。と、やがて視界が開け、黄緑色の世界が広がった。茶樹と思しき木々が陽を浴びて、眩い光を放っている。

茶畑だ。

車から降りて歩いていると、老婆を見つけた。紺絣の着物に赤いタスキ。白い手拭いを被っている。

イメージ通りの昔ながらの作業着に心が沸きたち、私は近づき声を掛けた。

「このあたりでは、どんなお茶がとれるんですか？」

するると老婆は、怪しげな目をじろりとこちらに向けた。

「ひひ、あんた、いい質問をするね」

嫌な笑い方で、老婆は口角をひきつらせる。

「これはただの茶樹ではなくてな。才能の木という種類のもので、わたしゃこの木に生えてくる才能の芽を摘んでおるところなんだよ」

「才能の芽？」

これは厄介なのに話しかけてしまったと急速に後悔に襲われた。

「ご冗談を……」

「冗談なもんかい」

老婆は、きっぱりと言い放つ。

「こうしてわたしゃ毎日、この才能の芽を摘むのが仕事でね。ここにある木からは、ありとあらゆる者の才能の芽が生えてくる。やみくもに摘んでおるのではないぞ。いろんな者から依頼を受けて、それをもとに慎重に選びながら摘んでおるんだ」

「依頼、ですか……？」

老婆のペースにはまっていっているのを自覚しながら、妙な力に捉われて尋ねずにはいられない。

「ひひ、気になるかな？　依頼者を挙げはじめればキリがないよ」

老婆は語る。

「会社員、政治家、芸術家……他人の才能を恐れる者や、嫉妬心に駆られた者どもが殺到しておるわ。わたしゃ、そやつらが望む人物の芽を、数ある茶樹の中から見分けて摘むんだよ。すると途端にその人物から、ふっと才能がなくなってしまうというわけだ」

ぞっとした。老婆の話を完全に信じたわけではなかった。が、知ってはいけないことを知ってしまったようで、空恐ろしくなった。こんなことを平気でさらりと話す老婆への恐怖心もあった。

老婆は変わらず怪しげな笑みを浮かべている。

「ちなみにね、芽を摘んだ時点で依頼のほうは終わるんだが、じつは副業もあってね。才能の芽を使って淹れた茶は、とびきりうまい。だから、摘んだ芽を集めて高く売るんだ。

無論、買い手は腐るほどおる。人の不幸が裏に絡んでいるということが、うまさにいっそう拍車をかけて病みつきになるということだ。まあ、わたしにゃどうでもいいことだがな。

あんたも才能の芽を摘んでほしい者が出てきたら、また気軽にやってきなさいな。特別価格でやってあげるよ、ひひ」

私は返事をしなかった。ある考えに捉われていて、それどころではなくなっていたのだ。

老婆の話は、間違いなく真実だ。自分の中の本能がそう警告している。

だとしたら……。

自分が依頼する側ならいい。

が、反対側の立場に立たされたなら？　私自身の才能の芽を摘みとるよう、誰かが老婆に依頼をしたら？

考えるだけでも恐ろしかった。自分の周りに、やりそうなやつはいないだろうか。今日からは何か他人と揉めるたびに、それを思って眠れなくなりそうだ。

そんなことを考えて青くなっている私の心を、老婆は見透かしていたらしい。

「いやいや、そんな心配はせんでいい」

「……どういうことですか？」

尋ねると、老婆は、ひひひ、と笑い飛ばして言う。

「あんたにゃ、何の芽もありゃせんから」

富山　青の祭り

富山の「青の祭り」に足を運べば、この世のものとは思えぬ絶景に接せられる。町中がイルミネーションに彩られたように青白く染まるのだ。

その色は電飾によるものではない。富山の名産、ホタルイカに起因する。闇が押し寄せ、海と陸の境目が曖昧になった宵。方向感覚を失ったホタルイカは、青白く発光しながら泳ぎでてくる。海から陸へ。陸から空へ。

ホタルイカ漁が最盛期の春先において、その日ばかりは漁師も仕事を休み、こぞって祭りに加わる。夜空を埋め尽くすホタルイカを観賞しながら、地酒をぐいっと呷るのを楽しみにしている。

ホタルイカは星々さえも内に呑む。代わりに夜空に浮かぶは青き星座。絶えず位置を変えながら光を放ち、残光を引きずりつつ人々の想像の赴(おもむ)くままにホタルイカは形を結ぶ。

私が祭りのことを知ったのは妻の実家が富山だったからである。内陸のほうにある実家から、私は妻と共に沿岸の町へと繰りだした。

そこではすでに、ホタルイカの宴(うたげ)がはじまっていた。道端には空の灯りを邪魔せぬよう電気を落とした屋台が並び、フライドポテトや唐揚げ、焼きそばやタコ焼きを売る店に長い列がつづいている。

人々は路上にブルーシートを敷いたり路肩に座ったりして天を見ている。大気の渦(うず)に揺られながら、青白い光が明滅する。

ホタルイカが集中している場所は、まるで天の川のように見受けられた。一方で、迷い蛍のようにふらふらと舞い降りてくる孤独な光もあった。人混みの中、捕まえたホタルイカを自慢して回る子供もいる。浮きつ沈みつ、寄せつ引きつ、光は立体的に広がっていく。

時おり、ふっと夜空に黒い線が横切ることがある。

あれは海鳥だと、妻が教えてくれる。青の祭りは彼らにとって、労せず餌にありつける恰好の日だ。そして光の溢れる世界では、灯りを持たないものこそが流れ星の役目を担う。人々の中には、黒いその流星に願いを掛ける者もいる。

祭りの当夜、沿岸の町の宿は予約で溢れる。帰りの渋滞を嫌い、県内在住者でもわざわざ宿を取ることがあるらしい。

まあ、わたしたちはそんな中でも家に帰るわけだけど。気長にね。妻が微笑む。

青の世界を堪能したころ、家へ引きあげることにした。が、妻の言葉の通り、道はすでに大渋滞の様相を呈していて、長丁場になることは明らかだった。

フロントガラスの向こうにはホタルイカの群れが浮かんでいる。

私は尋ねる。

ねぇ、ホタルイカは、ちゃんと海に帰れるのかな？

助手席の妻が言う。

やっぱり全部が全部ってわけにはいかないみたい。

っていうと？

夜明け前、ホタルイカは海を目指すの。あたりが明るくなってきて、あれ、おかしいなって本能で。でも、中には間に合わないのもいて。朝になると、町には海に帰り損ねたホタルイカがたくさん落ちてるんだって。

私は、陽に晒されたホタルイカを思い浮かべて侘しくなる。

宵闇の中では不死のものにさえ思えるそれも、白日のもとでは無力となる。赤の差した透明な個体は、もはや突いても動かない。

なんだか、祭りのあとに残されたビニール袋みたいだね。

うん、ボランティアの人たちに回収されるの。

そんな会話をしながら、のろのろと車は走る。

家に着いたのは深夜であった。

妻が高校時代まで過ごした部屋で、布団に入る。窓の外、遠くのほうでは、目を凝らすとかろうじて青い光が見て取れる。夜明けまで、まだまだ宴はつづくようだ。

おやすみ。

おやすみ。

人混みの中での気疲れもあったのか、私はすぐに眠りに落ちる――。

翌朝、早く目が覚めたので、ひとり散歩に出かけた。

まだ薄暗い空を見渡しても、もはやどこにもホタルイカの痕跡は見当たらない。この目で見たはずの青白い光に満ちた世界が、まるで夢だったかのように感じられた。

ただひとつ。

大きく息を吸いこんだときの濃い潮の残り香だけが、昨夜の祝祭をたしかに物語っていた。

岐阜　合わされた手

岐阜の白川郷（しらかわごう）にある合掌造り（がっしょうづくり）の家屋が見たくて、女は旅に出かけた。

白川郷は懐古的な気分を誘う自然豊かな集落だった。至るところに水路が張りめぐらされていて、澄（す）んだ水が流れている。マスだろうか、大きな魚が身体をくねらせたりしていて、女は童心に返ったような気分になった。

夜になり、旅行者や村の人が集まる宿で食事をとった。どぶろくに舌鼓（したつづみ）を打っているうちに、話は自然と合掌造りの話題になった。

「あの、すごく基本的なことで恐縮なんですけど……どうして、合掌造りっていうんですか？」

女は村の人に尋ねてみた。

諸説あるがと前置きして、ひとりが答えた。

「一般には、家屋が人の手を合わせた形――合掌した姿に似ているからといわれています」

村の人は、そう言って実際に手を合わせてみせた。

女は何気なくこぼした。

「なんだか、拝んでるみたいですね」

すると村の人は、まさしく、と言った。

「この合掌造りには雪が屋根に積もらないようにという機能的な意味もありますが、じつは一説には、いろいろなものに感謝や祈りを捧げる意味もあるとされているんですよ」

「感謝、ですか?」

「ええ、たとえば、白川郷のいくつかの合掌造りは田畑に向かって手を合わせる形になっています。それらは一様に、村人たちの田畑への感謝を表しているというわけです。同時に五穀豊穣を願う祈りの意味合いもありましてね。ほかにも、水に感謝を捧げるもの、山々に感謝を捧げるもの……家屋によって役割が分かれているんです」

自然信仰みたいなものとも近いのかな、と女は思った。

「もちろんどの家屋も重要ですが、最も大切にするようにと伝わっているのが、村で一番古い合掌造りの家屋です」

「……それは何を拝んでるんですか？」

「よろしければ、明日、一緒にご覧になりますか？」

「明日？」

「ええ、明朝に」

村の人は含みのある言い方をした。

その提案に、女は周囲の旅行者たちと共に乗っかった。

翌朝。

懐中電灯をぶらさげて、まだ暗いうちから女は指定された場所に足を運んだ。

提案者の村の人はすでに到着していて、ほかの旅行者たちも次第に集まってきた。

「さあ、みなさん、こちらが我が村の誇る最古の合掌造りです」

暗闇の中、懐中電灯に照らしだされて家屋が浮かびあがる。

村の人は時計を見た。

「もう間もなくですね」

何が間もなくなのかも分からないまま、時間は過ぎる。あたりは徐々に白んでくる。

そのときだった。女は、なるほど、と膝を打つことになる。

眼前の光景を見て、最古の合掌造りが拝むものがいったい何かを悟ったのだ。

そこにあったのは——日の出だった。

「お天道様に感謝し、祈りを捧げる。その心は古くから村人たちに受け継がれてきたんです」

ご来光を浴びながら、女は崇高な気持ちになっていた。

遥か昔から欠かすことなく毎朝、太陽を拝みつづけてきた合掌造りの家屋。その行為が、いったいどれだけの恩恵を村の人たちにもたらしたことだろうか。

誇張などでは決してない。祈りの力はありとあらゆる形に姿を変えて、この白川郷に恵みをもたらしてきたのだろう——。

そんなことを考えるうちに女も自ずと両の掌を合わせたくなり、朝陽に向かって拝みはじめた。居合わせたみなにも同じ気持ちが芽生えたようで、一同が静かに目を閉じた。

合わされた数々の手の影たちが、路上に小さな集落をつくった。

愛知　金色の髪飾り

　妻が鏡に向かって、何やらごそごそやっていた。見ると、大きく妙な髪飾りを頭の左右につけている。

「愛知の友達が結婚祝いにって、くれたんだ」

それは、小さな金鯱の形をしていた。おれは名古屋城のものを思いだす。

「へぇ」

　でも、と、おれは言う。

「髪飾りにしては、ちょっと派手だなぁ……」

思わずもらすと、妻はむっとしたように言った。

「そうかな。わたしはそうは思わないけど」

「あ、いや……」

「あのね、これ、とってもすごいものなんだから」

　妻はつづける。

「名古屋城の金鯱って、何のためにあるか知ってる？」

　おれは首を横に振る。

「お城の守り神として置かれてるんだって。で、これも同じような効果があって」

「髪飾りが？　お城のアレと？」

「そう、小さいけど、この金鯱もしっかり守り神になってくれるんだって友達が言ってた。ただし、お城じゃなくて、家庭のね」

　妻は得意げな顔をしている。

「なんてったって、金鯱ちゃんがわたしを守ってくれるんだから」

　おれの頭に疑問が浮かぶ。

　金鯱が妻を守ってくれる……まあ、それはいいとして。仮に妻を守ってくれても、それがどうして家庭を守ることにつながるんだろう。

　尋ねると、妻は胸を張った。

「妻こそ家庭のかなめじゃない」

言い切る妻が、なんだかいつもと違って見えはじめる。髪飾りがギラギラと光を反射している。威風堂々、という言葉がよぎる。

「これのおかげで、友達の家はうまくいってるんだって。髪につけておくだけでいいの。それだけで家庭が守られるんだから、すごいよね」

おれは複雑な気持ちになっていた。家庭が守られるということは、本当ならばいいことだ。けれど、妻がこんな角みたいに大きく派手な髪飾りを終始つけているというのは……。

「ねぇ、髪飾りをつけるのは、もちろん家にいるときだけの話、だよね……？」

「まさか。ずっとしとかなきゃ意味ないじゃない」

そして、おれの内心を見透かしたらしく、妻は鋭く睨んでくる。

「なに？　何か不満があるってわけ？」

「いや……」

「ちゃんと見てよ。ねえ、似合ってるでしょ？」

妻の声には威圧感が宿っている。おれは思わずあとずさる。

「ねぇってば！」

仁王立ちでどっしり構えるその姿は、まるで城のようである。

石川 ウルシーク

百貨店のお化粧品売り場をうろうろしていた。生活に余裕もでてきたし、そろそろちょっと高くて良いものに手を出してみたい。そんな願望を携えて訪れたのがこの場所だった。

わたしはひとつのお店に目を留めた。そこは漆器（しっき）がディスプレイされた変わった雰囲気の一角で、興味を惹（ひ）かれてふらっと立ち寄り品を取ると店員の女性がやってきた。

「いらっしゃいませ。お目が高いですね、こちらは最近売りだした新商品なんですよ」

女性は感じの良いにこやかな笑顔で接してくれた。手には白い手袋がはめられていて、宝飾品でも扱っているような高級感を醸（かも）している。

「これ、どんなお化粧品なんですか？」

「漆（うるし）を使ったものなんです」

「漆……？」

女性は微笑む。

「ええ、輪島でつくられているんです」

わたしの頭に、むかし習った古い知識がよみがえってきた。輪島……石川の能登半島にある町だったはず。たしか漆器が有名で、輪島塗というのを学校の授業で習った気がする。

「それじゃあ、ここに並んでる漆器も……」

「輪島のものです。お化粧品のイメージにと飾っていまして」

「……それで、漆のお化粧品というのは」

「よろしければ、お試しになりませんか？」

頷くと、勧められてスツールに腰かけた。女性はリキッドボトルを取りだした。

「まずは下地を塗りましょう。これも専用のものです」

わたしは鏡の中で時折、目を開けて女性の動作を観察する。入念に化粧下地が整えられる。

「下地はしっかりと……では、ウルシークを」

れる。

「こちらの商品の名前です」

女性はメイクパレットを取りだした。三色あるうちのひとつ、褐色を取って塗ってくれる。

「ウルシーク？」

「あとは少し乾かすだけで透明になります」

わたしは鏡の中の自分を見る。特段、変わったような感じはなく、女性に聞いた。

「あの、ウルシークはどういった特徴が……？」

女性は言った。

「漆というのは古くから器などの塗装に使われてきた、素晴らしい素材なんです。熱や湿気に強くて、酸にもアルカリにも影響を受けにくい。ですから、少々のことではこのお化粧が崩れることはないんです。唯一、紫外線に弱いのだけは弱点ですが、お化粧ですから毎日落とすので問題はありません」

それから、と女性はつづける。

「ここにあるほかの二色、顔料を混ぜた黒と朱色のウルシークを使い分ければ魅力もより高まりますよ。ウルシークの場合、細かくたくさんの色を揃える必要はないんです。

ずっと昔から人々を虜にしてきた伝統的な黒と朱色。この二色さえあれば余計な基本色は不要です。

そしてもうひとつ、お客さまは螺鈿というものをご存知でしょうか」

「らでん？」

「このようなものです」

女性は手近な器を渡してくれた。黒色にパールのような虹色に輝く断片がちりばめられていて、目を奪われた。

「これは光る貝を使っているんですが、ウルシークを塗るときに専用のシェルパウダーをお使いになっていただくと人々を虜にするキラメキのある肌を手に入れることもできるんです」

「へぇぇ……」

わたしはウルシークというお化粧品にすっかり心を奪われていた。これを使えば漆器のような落ち着いた大人の女になれるかも。そんなことを考えながら、ぼんやりとメイクパレットに手を伸ばした。

そのときだった。

「あっ、お客さま！」

女性に慌てて止められた。

見本に触れてはいけなかったかとすぐに悟って謝ると、そうではないんですと女性は言った。

「素肌は避けたほうがよろしいかと……お化粧のときに下地をしっかり塗るのはそのためでもあるんです。それから、わたしどもが手袋をしているのも」

ぽかんとしているわたしに、白手袋の女性は言う。

「ウルシークのベースは漆なものですから……下手に触ると肌がかぶれかねません」

福井　トンボの眼鏡

福井の鯖江は言わずと知れた眼鏡の聖地だ。全国のほとんどの眼鏡フレームをつくっているのがこの地であり、出張で訪れることが決まったとき、鯖江眼鏡の愛用者である私は我が眼鏡の生まれ故郷に行くような気持ちになって心が躍った。

空いた時間でめがねミュージアムを楽しんだあと、道を歩いているときだった。夕景の中、どこからともなくトンボの群れがやってきて周囲に満ちた。

こっちでは、もうトンボの季節かぁ。

そんなノスタルジックな気分に浸りながら眺めているうちに、妙なことに気がついた。トンボの顔に何かがついているようなのだった。

そしてよく目を凝らしてみた次の瞬間、私は混乱に陥った。どのトンボも、あろうことかその二つの複眼にちょこんと小さな眼鏡をかけていたのだ。

通りかかった人に言わずにはいられなかった。

「あの！　トンボ！　トンボが！」

「トンボ？　トンボがどうかしましたか？」

「トンボが眼鏡を！」

その地元の人らしき男性は一瞬怪訝(けげん)そうな顔をしたあとで、ああ、と納得したように表情を緩めた。

「私らはもうすっかり見慣れたので、何のことかと思いましたよ。トンボの眼鏡のことですね」

平然と言う男性に、私の混乱はますます深まるばかりだった。

「ゆ、有名なんですか!?　どうして眼鏡が!?」

「まあまあ、落ち着いてください」

微笑しながら、男性はつづけた。

「あれは鯖江をPRするためにはじめられた取り組みなんです」

「PR……？」

「ええ、眼鏡をつくる技術を広く知ってもらうためです。まだ実験段階で公にはなっていないらしいんですが」

男性は丁寧に教えてくれる。

「ほら、ほかの地域や会社などでも似たようなことがされているでしょう？　たとえば、精密機器の会社がつくった世界一小さなナノサイズの歯車。あれは実際には小さすぎて何の役にも立ちませんが、大きな話題になりましたよね。原子を使った世界最小の映画なんてのもそうですし、そういった取り組みが技術力のアピールになるんですよ。

それで、鯖江も町をあげて何かしようということになりまして。いろんな案が出たようですが、最終的に採用されたのがトンボの眼鏡をつくるというプロジェクトでした。トンボでもかけられるほど小さくて軽い眼鏡フレームをつくって話題にしようというわけです。もちろん、アイデアはあの有名な童謡から来ています。その証拠に」

男性は宙を指差した。

「トンボたちのかけている眼鏡は、ちゃんと『水色眼鏡』になっているでしょう？」

夕焼けに染まり定かではなかったが、男性の言う通り、それは青系統のものに見受けられた。

「ほかにも、『ぴかぴか眼鏡』や『赤色眼鏡』なんかも目下（もっか）、開発中らしいですよ」

話の途中から、私は好奇心を強く刺激されていた。その遊び心にも感服して、鯖江が、そして眼鏡職人の人たちのことが、よりいっそう好きになった。

ふと、トンボの眼鏡はまだ実験段階だという言葉が思いだされた。

「こんなにおもしろい企画、とにかく発表が待たれますねぇ」

私が言うと、そうなんですよ、と男性は答えた。

「何をモタモタしてるんだか、本当に早くしないと、ほかに出し抜かれてしまいますよ」

その言い方が引っ掛かり、どういうことかと聞いてみる。

「いえね、どこから聞きつけてきたのか、最近、外資系企業が鯖江にやってきて、似たような実験をはじめたみたいなんです。彼らに先に発表されてしまうと話題性が薄れるので厄介極まりありません。ほら、よく見ると、群れの中に眼鏡をかけてないトンボがいるでしょう？」

目をやると、たしかに眼鏡なしのトンボ――普通のトンボも散見された。

「あのトンボたちが、何か……？」

男性は言う。

「あれは、その外資系企業がＰＲのために手掛けているトンボらしくて。彼らはどうも、トンボのコンタクトレンズを開発しているようなんです」

第四部

近　畿

滋賀 土狸（つちだぬき）

不可解な問い合わせが絶えないので、おれは滋賀の現地を訪れてみることにした。なんでも、店先に置いたそれが、いつの間にか消えてしまうというのである。

八相縁起（はっそうえんぎ）があるという、信楽焼（しがらきやき）の狸（たぬき）。おれが顧客に売った狸たちは、いったいどこに行ってしまったというのだろう……。

「なるほど、また土狸のやつが出ましたか。今年は多いなぁ」

たくさんの職人を抱えるその窯元（かまもと）の主人は、おれの話を聞くなり頷（うなず）いた。

「つちだぬき……？」

「ええ。じつは、信楽焼のあの狸には、実際にモデルとなった本物の狸の一派がいましてねぇ。粘土層からまれに生まれてくる陶器のように硬い不思議な狸なんですが、そいつらは化けるのが大の得意でして。ときどき人に姿を変えて、窯元の職人たちに紛れこんで土をこねに来るんですよ」

「なんで、そんなことを……?」

「仲間を増やすためのようですねぇ。土狸たちのつくる陶器には命が吹きこまれるといいますか、時間が経つとそれは土狸となって森へと帰っていくんです。

逆に言うと、陶器が人の手によるものなのか土狸の手によるものなのかは、しばらく経ってみないと分からない。それでときどき、置いたはずの陶器が忽然と消えるという被害が出てしまうんです」

おれは、信楽焼の狸の顔を思い浮かべた。縁起ものだと思ってきたが、話を聞いた途端になんだか小ばかにされているような、憎たらしい顔に思えてくる。

「とっちめて、狸鍋にでもしてやりたい気分ですね」

思わずこぼすと、主人は言った。

「まあまあ、落ち着いて。土狸たちにも悪気があるわけではないんですから。それに彼らの亡骸は陶器に使える良質な土にもなるんです。そうやって資源は循環しているんですよ」

そして主人は、そうそう、と、思いだしたように口にした。

「もしよかったら本物を見ていきますか？」

「ええっ？」

「ちょうど先日、ケガをしてうずくまっているやつを道で発見しましてね。あまりに痛そうだったので、裏庭で世話をしているところなんです。治療を施した土狸はまた違った風情が出るので、なかなか興味深いものですよ」

動物に風情とはどういうことか……。

「治療には、日本古来の修繕方法を使いますからね」

その言葉にどきっとした。

「そんな、動物を物みたいに……」

「いやいや、動物ではありますが、身体は陶器みたいなものですから。同じ方法を使って直すわけです。陶器というのは、もちろん新品も結構ですが、修繕したのも味があってまた素敵なものです。今回の狸でいえば、片方の耳が丸ごと欠けてしまっているのでそこを直さねばなりませんでした」

「耳!?　そんなの、どうやって直すんですか？」

「金継ぎという手法を使います」

「金継ぎ？」

「割れた破片同士を漆で接着しましてね。その継ぎ目に金粉を塗ってやって、きれいに仕上げてやるんです。琳派の絵画を見ているみたいで、風合いがたまりませんよ」

おれは尋ねた。

「……ですが、その土狸は耳が欠けていたんですよね？　接着するといったって、肝心の耳の破片はどうするんですか？」

「別の陶器のものを使いました」

つけるにしても、片方がないじゃないかと思ったのだ。

主人はつづける。

「うちは窯元ですからね、割れた陶器なんてのはいくらでも転がっていますから」

曖昧に頷きながらも、おれは聞く。

「……それで結局、耳にはいったい何の破片を？」

「落として割れた、茶碗のカケラを」

三重　月の雫（しずく）

月の雫、との異名を持つ真珠。その一大産地、三重の英虞湾（あごわん）には時おり奇怪な夜が訪れる。

ある日のこと。

破れた屋根からスポットライトのように月光が差しはじめたころ、沿岸の廃工場内にパンッと乾いた銃声が鳴り響いた。

数瞬の静寂のあと、声が洩（も）れた。

「ま、まだ生きてる……？」

若者は目を見開いて、肩で呼吸を繰り返した。慌ててあたりを見回すと、そばに小さな何かが落ちているのが目に入った。

「おい、動くな」

黒服の男が闇の中で言い放つ。

「おかしいな、命中したはずなんだが運のいいやつだ……が、次はない」

黒服は再び銃口を若者に向けた。銃は月光を浴び、黒光りしている。

「ま、待ってくれ！」

「なんだ？　命乞いならさっきやっただろう。それとも何か、急に金の都合がついたとでも言うのかな？　え？」

黒服は馬鹿にしたような笑みを浮かべる。若者は言いよどみながら口を開く。

「そ、そ、それを見てくれ」

「この期(ご)に及んで時間稼ぎとは見苦しいな」

「違うんだ、本当なんだ」

黒服は銃身を一寸も動かすことなく、じりじりと若者のほうへと詰め寄った。

若者は指先を震わせながら地面を指した。

「そ、それでどうだ？　ほら、見てくれ」

黒服が訝(いぶか)りながら地面を見やると、何かを認めた。

「なんだこれは」

「し、し、し、真珠だ。金のかわりに用意してきた」

「なんだと？」

黒服は転がっていた純白の玉を拾いあげると、しげしげと見入った。

「……たしかに本物のように見える。だが、それならなぜさっき出さなかったんだ？」

「さ、さっきは忘れてたんだ」

黒服は、鋭い眼光で睨みつける。

「どうも怪しいな。何か裏がありそうだ」

「ち、ち、ち、違う、何もない、はじめから持ってたやつなんだ。ほかにもまだ家にある。全部渡すから、た、助けてくれ！」

黒服は銃を若者の額に突きつける。

「言いたいことはそれだけか」

「待ってくれ、嘘じゃない、本当だ」

「ばーん！」

黒服が声を張りあげると、若者は瞼をぎゅっと閉じた。

一拍置いて、黒服は地面に唾を吐いた。

「つたく、手を煩わせやがって。金になるものがあるんなら、さっさと出しやがれよ」

黒服は銃を懐におさめると、振り返って歩きはじめた。

「た、た、助かった……」

若者は胸に手を当て、その鼓動をたしかめながら息を整える。

と、次の瞬間、彼はポケットからナイフを取りだし黒服めがけて突進した。月光を浴び、ナイフはキラリと光を放つ。

「うっ」

体当たりをくらった黒服は、よろけて倒れる。若者は、ぜいぜい言いながら手元に目をやり絶叫した。

「な、ない、ナイフがない！」

代わりに手の中にあったのは真珠である。

「おまえ……」

黒服は若者の腕をねじあげ、自由を奪い銃を取りだす。すぐさま引き金を引いた……

けれど、ペチッという音がして若者が眉間を押さえて倒れこむのみ。

若者を見て、黒服は呻く。

「頭をぶち抜いたはずなのに無傷だと……？　そんなおかしな話があるか！」

黒服はもう一発、弾を放つ。が、白く輝くものが力なく飛びだし、若者の肌に当たって落ちた。月光に照らされ、銃身はぼんやり光りはじめている。

「いったい何が起こってるんだ……」

黒服は天を見上げた。破れた屋根の隙間から、丸々太った満月が顔を覗かせている。

「まさか、月の光で……？」

そして若者のほうへと目をやって、あっと声をあげた。

「おい、どうしたんだ！」

彼の細い身体からは滲みでるようにして光が溢れだしてきていた。

「あんたのほうこそ……」

弱々しく若者が応じる。

いまや二人はすっかり月光にまみれていた。若者も黒服も恐怖に駆られて後ずさると、爆ぜるように外へ飛びだした。

周囲はうっすら光に覆われている。

思わず立ち止まった二人の頭に、コツンと何かが当たって落ちた。見上げると、鳥らしきものが光りながら丸く小さくなっていき、バラバラと次々降ってくる。

目の前で野良猫が発光体となり縮み、真珠へ変わってぽとんと落ちる。

「どうなってんだ……」

二人は同時に呟いた。そして彼らの声が響いたのは、それが最後だった。

ぱあっと強い光を放った二人はみるみるうちに姿を変えて、やがて地面に大ぶりな二つの玉が肩を寄せあい転がった。

月光の中で輝くひとつは白真珠。

その隣にあるのは黒真珠。

京都　京の木

近所のカラスに異変が現れだしたのは、ついこのごろ。きっと、最近はじめたアレが関係しているのだろうと、わたしは睨んでいる。

その不思議な木を手に入れたのは、京都の錦市場から一本奥に入ったところ、町屋造りの店でのことだ。鉢に植えられたそれを見て、わたしは声をあげてしまった。

「これ、なんですか!?」

その細い木の枝先には、京野菜がたくさんぶらさがっていた。同じ木に、賀茂なす、伏見唐辛子、あろうことか聖護院大根や壬生菜までもが垂れていたのだ。

「これはいろんな京野菜をみのらせる『京の木』というものでしてね」

店主は笑みを浮かべながら語ってくれた。

「京都の空気をたっぷり含んだ豊かな土に植えてやると、こんなふうに京野菜をつけるんですよ」

「そんなものが……」

わたしは近づき、ぶらさがった野菜に触れてみた。たしかにどの野菜もレプリカなどでは決してなかった。

「よろしければ、試しにおひとつどうぞ」

店主がなすをもいで渡してくれる。そのままかぶりつくと、何もつけていないのにほのかな甘みがあって、新鮮で瑞々(みずみず)しかった。

「京野菜は栄養価が高いんです。それに加えて、この京の木にみのるものは特別な作用を持っていましてね。食べるうちに京都の気品が身体に漲(みなぎ)り、艶(つや)っぽさがでてくるんです。ですから、女性にとても人気の品なんです」

京美人という言葉が浮かぶ。自分もあんなふうになりたいなと憧れてしまう、上品な美しさを持った大人の女性だ。

「あの、この木、おいくらなんですか?」

気がつけば、そう口にしていた。

こちらはですね……店主が土に刺さった値札を見せてくれる。

決して安いものではなかった。けれど、店主の言葉には値段以上の魅力があった。

わたしは少しだけ迷ったあと、これも何かのご縁だと、店主に購入の意思を伝えた。

「きっと、ご期待に沿ってくれましょう」

ウキウキしながら店を出た。


それからは、毎日が楽しくて仕方がなかった。

京野菜は、ひとつ採ると同じ箇所からまたひとつ生えた。同じものが生えてくるとは限らない。今日は何がみのっているのだろうと、ワクワクしながらベランダを覗くのが習慣になった。

せっかく採れた野菜なのだからと、普段はまったくやらない料理にも手をだしはじめた。朝、出かける前に木をチェックして、みのった野菜たちをメモしておく。お昼休みにレシピを調べて、家に帰って自炊する。最初はうまくいかないことが多かったけど、慣れてくると料理も様になってきた。

鹿ケ谷かぼちゃ、海老芋、九条葱。

組み合わせておばんざいをつくったり、凝った料理に挑戦したり。

以前は、誰かの家で女子会があると、持っていく料理に毎回頭を悩ませていた。それが、みんなに料理を披露するのが待ち遠しくさえなっていった。友達からは褒められて、珍しがられて、鼻高々といった感じ。

そしてもうひとつ、わたしは店主のあの言葉を徐々に実感しはじめる。

――食べるうちに気品が出てきて艶っぽくなる――

周りの人から、色気がでてきたと冷やかされることが増えたのだ。

たしかに鏡で見てみると、自分でも思い当たる節があった。それは品のない色気ではなく、はんなりした女性という感じ。男の人から声を掛けられることも増えて、感謝しながら木の世話に勤しんだ。

それで、近所のカラスの異変のこと。

京の木を育てはじめてから、うちのベランダにはカラスがときどきやってきて、野菜を啄んでいくようになっていた。そしてそのうち、そのカラスたちが妙に艶っぽくなっていった。動作がいちいち艶めかしいのだ。わたしは京の木にみのった京野菜の影響だろうとピンときた。

カラスたちは日に日に色気を増していって、ついには化粧に目覚めてしまった。

だからいまうちの近所は、舞妓（まいこ）さんみたいな白顔のカラスであふれている。

奈良　イチョウ鹿

知人の家を訪れると、庭に何頭も鹿がいたので驚いた。

「ははあ、奈良では家で鹿を飼うこともあるんですか……」

この奈良の地にはそこら中に鹿がいて、観光客に餌をねだっている光景をよく目にする。鹿のほうが人の数より多いんじゃないかと思わせるほどだが、まさか地元の人の家にまでいるものだとは思わなかった。

が、知人は強く否定した。

「まさか。わざわざ飼ったりしなくても、そのへんにいくらでもいますよ」

「ですが、現にこうして」

「ああ、この子たちは違うんです」

「違う？　勝手に入ってきたとでも……？」

「いえ、そういう意味ではなくてですね」

姿勢を整え、知人は言う。

「私の飼ってるこの子たちは、普通の鹿じゃないんですよ。イチョウ鹿といいまして」

イチョウジカ、と繰り返す。

「ええ、奈良の鹿の中には、ときどきツノにイチョウが生える特別な個体がいるんです。冬の間はありふれた鹿のツノと変わりませんが、春になると若葉が芽生えて、夏になると生い茂り、秋になると黄葉する。そんな変わった鹿が」

「なるほど？」

庭の鹿に再び目をやる。よく見ると、たしかに少し緑がかっているようだ。あれは若葉というわけだろうか。

「どの季節のツノもいいものですが、とりわけ秋は壮観ですよ。

イチョウの葉は次から次へと生えては散るので、たったの一夜で庭は黄色い絨毯（じゅうたん）に早変わりです。私は童心に返って黄色い山に飛びこんだり、手で掬（すく）って、わぁっと宙に放り投げたり。

近所の子供やお母さんたちも遊びに来ましてね。我が家の庭は、ちょっとした町のコミュニケーションの場所になっていて、お年寄りの安否確認なんかも兼ねているんです。観賞用の生き物を超えて、このイチョウ鹿が人と人をつなぐ大切な役割を担ってくれているというわけですよ」

その光景を想像して、気持ちが和らぐ。

スカッと晴れた空に映えるイチョウ。人々の楽しげな声。そして、そんなものなどどこ吹く風で、のんびり自分のペースで過ごす鹿。

「ただ、珍種を飼うにはつきものですが、管理にずいぶん手間がかかりましてねぇ」

「……餌ですか？」

その代金がバカにならないということだろうかと推測した。たしかに鹿は、芝をよく食う。そういう意味で、維持費が大変だろうなぁと考えた。

だが、知人は首を横に振った。

「たしかにそれもありますが、いちばん厄介なのがフンでして」

「フン……？」

ええ、と、彼。

「イチョウ鹿のフンは、ギンナンなんです。放っておくと、もう臭いがすごくって」

大阪　串を揚げる

串カツ屋の暖簾(のれん)をくぐると、ソースの香りが漂ってきた。

出張先の大阪でのことだった。

カウンターに腰かけると、おれは生ビールと串の盛り合わせを注文した。「二度漬け禁止やで！」の文字が目に留まり「ならではだなぁ」とニヤリとする。

出てきたのは、牛や豚、キス、アスパラ、ウズラなどの串。そのどれもに舌鼓(したつづみ)を打っていると、『本日のメニュー』と書かれたボードに店主が近づき、『ハト』という字を書きこんだ。

「あの、すみません、ハトというのは……？」

なかなか見ることのないメニューだなと尋ねると、店主は親しげな口調で言った。

「お兄さん、よそ出身の人ですね？　これは本場ならではのもんで、ハトの丸揚げですわ」

「丸揚げ!?」

「まあ、ハトやない日もあるんですがね。お兄さん、そもそもなんでこんなんがあるのか、分からんでしょ。串カツのほんまのつくり方、教えましょか？」

大阪のおっちゃんの勢いに押されながらも頷くと、店主はつづけた。

「ほんまもんの串カツは、油やのうて、空の空気で揚げるんですわ」

「なんですって？」

「正月なんかにやる凧揚げとおんなじですね。パン粉をまぶした具材に串を通して、糸をつけて空に放ちますねん。すると串はぐんぐんのぼって、特殊な気流が吹く層に到達する。そしたらときどき、くいくいくいっと引いたりしながらしばらく放っといて、頃合いを見計らって一気に引き降ろすんですよ。その引き際を見極めるのがプロの仕事でしてなぁ。

本場の串カツっちゅうのは、そうやってつくるんですわ」

冗談でんがな。そんな大阪言葉を待っていたが、妙な沈黙が流れるのみで話はそれ以上つづかない。店主はいたって真面目な顔だ。

おれは重力から解き放たれて空に浮かぶたくさんの串たちを想像した。特別な風を受けて、からからからと音を立てて揚がっていく。やがてキツネ色に染まりきる。

なんだか諦めるような気持ちになって、おれは店主の話を受け入れることにした。真に迫っていたというのもあったけれど、もし反論したとしても、どうせ巧みな話術でうまくやりこめられそうだったからでもあった。

そこで、おれは質問を切り替えた。

「……ですが、そのお話とハトの丸揚げが、どう関係するっていうんですか？」

ええ質問ですわ、と、店主は満足そうな顔で言う。

「串を揚げてるときに、餌やと思てパン粉を突いてくる鳥がいてるんですよ。そういう鳥は、あっという間に気流に呑まれてそのまま丸揚げになってしまいますねん」

「……なんだか釣りみたいですねぇ」

「いやいや、そんなええもんとちゃいますよ。ひどいときは、ほとんどやられてしまうんですから。定番メニューをぜんぶ鳥に食われてしもたら、その日は商売になりません。今日みたいな日がちょうどええんです」

ちなみに、と、おれは尋ねる。

「今日のハトは、何の串に?」

「ウズラですわ」

しかし、と、店主は言う。

「お兄さん、えらい興味を持ちはりますなぁ。よっしゃ、出血大サービスや。いまならこのハト、安うさせてもらいまっせ」

「……いいんですか?」

店主は満面に笑みを浮かべる。

「特別ですよ、ハトの胃の中に収まったウズラ代は勉強させてもらいますわ」

和歌山 子供のままで

「うちの子は、いつまでたっても子供のままで」

そうこぼしたのは、梅農家のTさんだった。

「あれじゃあ、とてもじゃないけど跡を継がせられませんよ」

私は梅の名産地である和歌山に赴(おもむ)いて、梅農家のことを取材していた。

南高梅(なんこううめ)。紀州(きしゅう)には、そんな名前の最高級の梅がある。肉厚の果肉を持ったそれでつくる梅干しは、得も言われぬ味をしている。地元の特産品としても名高いのだ。

しかし、高齢化が進み、次世代の担い手が少なくなってきている昨今。梅農家も厳しい跡継ぎ問題に悩まされているという。その現状を伝えるべく、私は紀州を訪れたのだった。

Tさんは年齢を聞いて驚くほど、じつに若々しい外見をしていた。とてもじゃないが、言われた年には見えなかった。マイナス二十歳には見えると言っても過言ではなく、まるで老化とは無縁の存在であるかのように思えたほどだ。

「梅には、抗酸化作用があるんですよ。つまりは、老化を防ぐ効果がありましてね」

なんだか営業しているみたいですが、と、Tさんは笑う。

「たぶん、私が若く見えるのも、そのせいではないかと思います」

そのときは、さすがにTさんの言葉を真に受けたわけではなかった。

梅ひとつで老化が防げるのならば、世紀の大発見といえるだろう。実際は、農家の規則正しい生活や、自然に寄り添う穏やかな生き方に依っているところが大きいのではないだろうか。

となると、ストレス社会で生きる自分は、さぞ老けて見えることだろうな。ただでさえ、高齢化の進んだ社会なのだ。せめて心くらいは若くありたいものだよなと、ひとり勝手に自戒を抱く。

そしてTさんのつくる梅のことや、切羽詰まった事情などを伺って、取材を終えて帰京した。

私が驚くべきニュースを耳にしたのは、取材から半年ほど経ってのことだ。

世間はその重大ニュースで大騒ぎだった。なんと、紀州梅の変異種から老化を完全に止める作用を持つ遺伝子が発見されたというのである。

最初は根拠のない疑似科学のたぐいだろうと高を括っていた。一過性で終わる話題に違いない。

ところが、世界各国の研究機関が追加の実験結果を発表した。それはすべて、説を裏付けるものであったのだ。

まさしく世紀の大発見。世間はますますヒートアップしていって、人々は我先にと一斉に和歌山へと押し寄せた。が、受け入れ態勢の整っていない現地は大混乱。入県規制が設けられ、和歌山への入県チケットはネットオークションで高額取り引きされたりした。

世間の騒ぎとはまた別に、私はTさんのことを鮮明に思いだしていた。

あるいはTさんが食べていたものも、その新種の梅だったのかもしれないなと考えた。常食することで、老化が食い止められていたというわけだ。

あの肌の艶、矍鑠とした足取り……それらを思いだすと、さもありなん、と妙に納得させられるところがあった。

そのときだった。思いがけず、ふとTさんの言葉が頭をよぎった。

――うちの子は、いつまでたっても子供のままで――

私の背中に妙な汗が流れはじめる。

あれもあながち、誇張した表現などではなかったのでは？

兵庫　明石の漁

せっかく兵庫に来たのだからと、おれは明石焼きの店に入った。年季の入った店構えは一見すると薄汚れているだけにも見えたが、なんとなく惹かれるものがあったのだ。

注文してしばらくすると、念願のそれが差しだされた。

焦げ目のついたタマゴ色が食欲をそそる。早くも、ふわふわとした食感が口の中にあふれてきて、おれは箸でひとつを掴むと、出汁に浸して三つ葉を落とした。

その瞬間――。

「うわぁっ！」

思わず大声をあげていた。おれは我が目を疑った。明石焼きがひとりでに、出汁の中でもぞもぞ動きはじめたのだ。

「どうしはりました？」

心配そうに店主に声をかけられた。

動く明石焼きを前にあたふたしているおれに向かって、彼は、ははあ、と口にした。

「お客さん、本物の明石焼きを食べるのは初めてやな?」

ニヤリと笑う店主に向かい、おれは言う。

「本物って……何度か食べたことはありますが……」

なんとかそう口にすると、店主は呆れたように首を振った。

「いや、その反応を見る限り断言できる。あんたは知らんのやろ? 明石焼きは生き物やということを」

「生き物?」

いったい何を言いはじめたのだろうか。ぽかんとして黙っていると、店主はつづけた。

「あんなぁ、新鮮な明石焼きってのは、じっとはしてへんで。よそで出回ってるの、あれはほとんど死んだやつや。本物は漁で海から捕って、そのまま出す。蛸壺みたいに壺を海底に降ろしてなぁ。

たとえたら、棘のないウニみたいなもんやろか。焦げ目に見えるやつは模様やで。一晩も壺を沈めとくと、海に棲む明石焼きは隠れる場所を探して中に入ってくる。それをタイミングよく引きあげるんが、ほんまの明石の漁というわけや。海がシケたあとはなかなか捕れへんのやけどな、調子がええときは一度に何十匹も捕ることができる。ただし、禁漁区では捕ったらあかん。素潜りも禁止や」

そんで、と、店主。

「こいつらは基本的に雑食やけど、主食はタコなんや。食うてから、時間をかけてゆっくり消化する。やから、新鮮な明石焼きの中には未消化のタコが入ってるというわけや。しかし兄ちゃん、運がええで。今日は飛びきりええのが入荷してるからな。それがそや」

まな板状の木皿の上では、明石焼きたちがのろのろと這いまわっている。おれは言葉を発することができずに眺めるだけだ。

「イキのええうちに食べや。兵庫でも貴重なもんなんやから、せいぜい感謝しながらなあ」

おれは出汁の中で蠢くものに恐る恐る箸を近づけた。

そのときだった。

タマゴ色の丸いそれから素早く触手が伸びてきて、三つ葉がぴゅっと消え去った。

第五部

中国・四国

鳥取　ヒトジゴク

「これがヒトジゴクの巣……」

足を滑らせないように、注意深く覗きこむ。まるで断崖絶壁に立たされたような緊張感に包まれる――。

鳥取出身の大学の友人から実家に遊びに来ないかと誘われたのは夏休み前だった。

「きっかけがないと、なかなか来にくい場所だろ？」

正直には頷きがたい質問ではあったものの、友人の言葉は図星だった。

それじゃあ、まあ、せっかくだし。

そんなこんなで、おれは友人の実家を訪れたのだった。

昼のあいだ、友人は美術館や神社など、いろいろな場所に連れて行ってくれた。だが、おれは聞かずにはいられなかった。

「なあ、砂丘にはいつ行くんだよ」

鳥取といえば、やはり鳥取砂丘は外せないところだろう。すると友人は妙な笑みを浮かべて言った。

「夜になったらな。おもしろいものを見せてあげるからさ」

その言葉のとおり、夕食を済ませたおれたちは友人の車で砂丘に出かけることになった。

鳥取砂丘は写真で見た以上に異国情緒を感じさせる場所だった。夜の闇で全容がおぼろげなのも雰囲気を醸(かも)しだす一助になっているのだろう。砂丘は遠くどこまでもつづいていそうであり、アラビアンナイトの世界を彷彿(ほうふつ)とさせた。

月光と懐中電灯の灯りを頼りに、おれたちは砂の上を歩いていった。

おい、あったぞ。

不意に友人の声が響いた。

「ここからは、絶対におれより前に出るなよ」

唐突な言葉に戸惑ったけれど、その口調には有無を言わせないものがあった。

「見てみろよ」

さらに少し歩いたあと、友人は懐中電灯で先を照らした。砂丘は途中で切れていた。いや、急に下り坂になっていて、先が見えなくなっていた。

友人は立ち止まり、またも突然、口にした。

「鳥取砂丘には、夜になると現れる生物がいるんだよ。ヒトジゴクっていってね」

質問を差し挟む隙を与えずに、彼はこんなことを口にした。

ヒトジゴクは、簡単に言うとアリジゴクの人間版のようなものである。大きな顎を持つ巨大な虫で、砂丘にすり鉢状の巣をつくって落ちてくる人間を捕獲する。一度巣に落ちてしまうと最後、戻ってくるのは至難らしい。いくらもがいてもどんどん落ちて、中心で待ち構えているヒトジゴクにやがては捕まる。

ヒトジゴクに捕まると食べられる……わけではないという。地獄に連れていかれるのだ。

奇跡的に巣から生還した男によると、巣の奥底は本物の地獄とつながっていて、おぞましい光景が広がっている。血の池地獄や針山地獄。罪人たち、それからヒトジゴクの巣に落ちた者たちが断末魔の叫びをあげている。

あれは間違いなく地獄そのものだった……。

ガタガタ震えながら男は口にしたという。

「それ以来なんだ。その虫がヒトジゴクって呼ばれるようになったのは。中には悪魔と呼ぶ人もいる」

「悪魔……」

友人が照らす先には、大きなすり鉢状の穴がある。注意深く覗きこむと、吸いこまれそうなめまいを覚える。

「ヒトジゴクは夜になると砂丘のところどころに巣をつくって獲物を待つ。毎夜違うところに出てくるから、誤って転落したなんて事故もあってね。このあたりで行方不明者が出ると、きっとここに落ちたか、誰かに突き落とされたかしたんだろうって噂される」

おれは、ぞっとしながら口を開いた。

「見せたかったっていうおもしろいものは、これだったんだな……」

たしかに興味深くはあった。あったのだけれど、おもしろいというよりは、恐怖心が勝っていた。

すると友人が言った。

「いや、もちろんこの巣を見せたかったってのもあるんだけど、もうひとつあって。地元の友達から情報を仕入れてね、そろそろこのあたりによく出るヒトジゴクが羽化しそうだって聞いたんだ」

「羽化？」

「ヒトジゴクはあるものの幼虫なんだよ。アリジゴクがウスバカゲロウの幼虫であるみたいにね。だから時期がくると羽化をする。そうして空に飛び立つんだ」

「その、あるものってのは……」

「天使さ」

「天使!?」

思わず素っ頓狂（すっとんきょう）な声をあげる。

「そう、ヒトジゴクの成虫は天使でね。運がよければ今夜ここで、天国に飛び立つ天使の姿が見られるかもしれないんだよ」

岡山　親父のデニム

そうなんです、以前お会いしてから十キロほど変わってしまいまして。まるで死んだ親父みたいだなと、この頃いろんな人から茶化(ちゃか)されます。

親父が亡くなってから、もう二年ほどが経ちますか。急なことではありましたが、時間が経つにつれてだんだん悲しい気持ちも収まって、楽しかった思い出に浸(ひた)る時間がようやく持てるようになってきました。

親父のことで一番印象に残っているのが、いつも飽きもせず穿(は)いていたデニムのズボンです。岡山はデニムの産地で有名ですが、その岡山出身の親父がこだわって穿きつづけていたのが一本のデニムだったんです。

デニムという生地は私も大好きです。

買ってすぐはなんだか突っ張り、しゃがむと窮屈な感じがします。藍染(あいぞ)めの深い青色も美しくはありますが、色で言うなら他にきれいで手っ取り早く着飾れる素材は多々あります。

ですが、ご存知の通り穿けば穿くほど出てくる、あの味のある風合いですよ。

穿きつづけることを、どうやらいまの人は、穿き倒す、なんて言うらしいですね。

穿き倒す。

親父のデニムは、まさしくそんな言葉にふさわしい代物でした。

藍色はすっかり抜け落ち、白い生地が良い色合いで出てきていました。膝のあたりには自然とできた破れ目があって、人工的にはつくり出せない、穿くことを重ねることでしかたどりつけない境地にあったといえます。

デニムには、もうひとつ大きな特徴がありますよね。穿く人の体型に合わせて次第に形が変わっていくということです。長年穿きつづけることで、最初はちぐはぐだったデニムが自分の身体に合ってくる。その過程を楽しむ人もデニム好きには多いんですが、親父の場合も例外ではなかったようです。

どう贔屓目に見ても太っている部類に入っていた親父は、デニムを穿くと最初はパツパツで滑稽な印象さえ人に与えるところがありました。

ですが、時間が経つにつれて身体にフィットしていったといいますか、次第に馴染んで親父の動きやすいような形にだんだん変わっていったんです。数年もすると、もはや親父のためにつくられた一本だとしか思えないほどになりました。

なるほど、これが穿き倒すということか……。

洗濯をしても翌日にはそれを穿きたがる親父を見て、やがて尊敬にも似た気持ちが芽生えるようになりました。

そんなですから、遺品の中に交ざっていた親父のデニムを見たときは胸が締めつけられる思いでした。あんなに丁寧に育てられたデニムも、いまや持ち主を失った孤独な物です。

私はデニムの処遇に悩みました。

捨て去るのは簡単です。けれど、そう簡単には気持ちが許しません。

私はなんとなく、それに足を通してみました。無論、当時の私と親父では体型がまったく異なります。デニムは私にとってはぶかぶかで、ベルトをしてみても腰のあたりは無理やり絞ったようになり、腿の周りは一回りも二回りもサイズが違っていました。

それでも、私は親父のデニムを毎日のように穿きつづけました。妙な意地のようなものもありましたが、デニムの特徴を思いだしていたんです。

穿き倒したデニムは、持ち主の身体にふさわしいものになる。

私は、親父が穿き倒して自分のものにしたデニムを、今度は自分が穿きつづけることで何とかモノにしてやろう。そんなことを考えていたんです。

はじめは周囲から笑われたものです。そんな合わないズボンを穿いて、と。

ですが、数週間、数か月が過ぎていく中で、変化が起こりはじめたんです。穿き倒す。それによって、やがてデニムが私の身体にフィットするようになっていったんですよ。

……というのは、嘘でしてね。

本当のところを言いますと、穿き倒した。そんな生意気なことを言える立場ではないんです。

ご覧の通り、親父のデニムはいま私の身体に完璧にフィットしています。まるで数年来、ずっと穿いてきたようですよね。我ながら思います。なんて自分にふさわしいデニムだろうかと。

けれど、これは私が穿き倒したからではありません。私などが敵う相手ではなかったんです、親父のデニムは。

ご指摘のように私は太ってしまいましたが、これはデニムを穿くようになってからのことなんですよ。

私は親父のデニムを穿き倒すことに失敗したというわけです。

逆にデニムに穿き倒されて、私の身体はこいつに合う体型へと仕立てあげられてしまいました。

島根　出雲の神々

島根の出雲大社は縁結びにご利益のある神社として知られている。旧暦十月に全国から神様が集まってきて、大議論を繰り広げながら縁結びの業務に勤しむのだ。

その期間、各地の神社では神様が不在となる。このことから、この月は一般的に神の無い月、神無月と呼ばれている。一方、出雲にこの名は当てはまらない。数多の神様で賑わうわけであるから、この月を神在月と呼ぶのである。

だが、ある年のこと。新入りの若い神様のひとりの言葉で状況は一変することとなる。

「あの、すみません」

その若神様は事務局を訪ねて聞いた。

「この縁結び合宿の精算はどうすればいいんですか？」

「精算？」

「ええ、出雲に来るまでの交通費や宿泊費、食費のことです」

質問の内容が呑(の)みこめず、事務局サイドは一瞬黙った。

「……交通費？　そんなものは出ませんが」

「なんですって？　それじゃあ持ちだしということですか？」

「はあ……まあ、そういうことになりますね」

「なんてことだ」

若神様は不平を述べた。

「うちの神社は、ただでさえ赤字経営なんです。こっちもボランティアでやってるわけじゃないんですから、そんなことなら来なければよかった」

それを聞いた事務局サイドは憤怒(ふんぬ)した。

「この神聖な場所に下世話な損得勘定を持ちこむとは不謹慎な。前代未聞のことですよ」

「前代未聞？　これまで話題になったこともないんですか？　なんて旧時代的なんだ」

「どういうことですか」

「そもそもこのデジタル化のご時世に、わざわざ全国から集まって会議をしているということ自体がナンセンスですよ。これはどうにかしないといけない。誰もやらないなら、自分がやるべきだ。おおい、みなさん、聞いてください」

何をするかと思いきや、若神様は事務局のテントの前に黄色いビールケースを置いてそれに乗り、拡声器を持って演説をはじめた。曰く、伝統は結構だが、これは単なる非効率だ。リソースの無駄遣いともいう。限られた時間をもっと有効活用すべきだ。すなわち、効率化で時間を浮かせて民に還元すべきである。延(ひ)いては、デジタルの導入を提案したい……。

ほとんどの神様は、その様子をぼんやり眺めるのみだった。が、一部の似た考えを持つ若い世代が同調した。いいぞ。おれも前から同じことを思ってたんだ。これは腐敗だ、退廃だ。輪は徐々に広がっていき、やがて小さいながらもある種のムーブメントに発展した。

事務局は呆(あき)れながらも無視はできないと判断し、急遽(きゅうきょ)、協議の場を設けることに相(あい)成(な)った。論議の末、そこまで言うなら、まあ、試してみてもいいんじゃないか。そういう決断が下された。

「ただし、パソコンは自費での購入を頼みますよ」

若神様たち一派は条件を呑み田舎の神社へ引っこんだ。こうして彼らは毎年WEBサービスを利用して、地元にいながら出雲の会議に加わるようになったのだった。
はじめのうちは動画にタイムラグが発生したり、途中で通信が切れてしまったりしていたが、技術の進歩と慣れがコミュニケーションを円滑（えんかつ）にした。その経過を見ていた神様たちは、少しずつ、だが確実に遠隔会議を選択するようになっていった。そのうち会議自体の効率化も叫ばれるに至り、予算を使って専用の投票アプリが開発された。これによってシステマティックな会議の方法が確立され、地元にいながらにして縁結びの会議に参加する神様たちが爆発的に増えていった。

　中には、ドライになったと嘆く神様もいないではなかった。縁結びの神様が、互いに縁の薄い生活を送るのはいかがなものか。膝（ひざ）を突き合わせて話し合うことが大切だ。しかし、その論理は、心の絆こそ重要ではという意見に粉砕された。

　やがて、ほとんどの神様がパソコンを導入する時代がやってきた。こうなると、もはや十月にわざわざ出雲に出向く神様はいなくなり、神無月という言葉も死語になる。全国どこも、神在月といえる状況になったのである。

　では、出雲が閑散（かんさん）としてしまったかというと、まったくそんなことはなかった。むしろ以前にもまして活況を呈（てい）しているほどなのだ。その主な訪問者は、デジタル化の波に乗り遅れた老神様たち。

出雲はいま、出雲大社主催のパソコン教室に訪れる神様たちで賑わいを見せている。

広島　嚴島（いつくしま）の宴（うたげ）

おもしろい体験ができるから。そう言われ、おれは友人と広島に向かった。

宮島（みやじま）の嚴島神社。

そこで、数年に一度の秘密の宴（うたげ）が開かれるということだった。

嚴島神社は素晴らしかった。朱塗りの社殿。海面すれすれの板張りの廻廊。自然と一体になって佇（たたず）む姿に、厳（おごそ）かなものを感じずにはいられなかった。

夜までの時間をいったん宿で過ごしたあと、おれは友人と一緒に再び神社に赴（おもむ）いた。妖艶（ようえん）にライトアップされた神社は、すでにたくさんの人で賑（にぎ）わっていた。

数年に一度、特別大きな満月の出る夜、嚴島神社では不思議な宴が催（もよお）される。

命果て海に還（かえ）った人たちが、大鳥居をくぐってこの世に舞い戻ってくるのである。

社殿の中には、遠い昔、神社に仕えていた神主や巫女。その姿が重なりあって影のようにうっすら夜に浮かんでいる。平安時代あたりの貴族の霊魂なのだろうか、烏帽子を被った人たちが本殿から延びる平舞台に座って騒いでいる。

高舞台では誰かが優雅に舞っていて、周囲を観衆が取り囲む。その中に、ひときわ存在感のある人物が座っている。面影に見覚えがある気がする。

平清盛――。

廻廊は時代を超えて、さまざまな人で溢れている。

大鳥居は、圧倒的な迫力で聳え立つ。

いつの間にか、海の上にオレンジの光がぽつぽつと現れているのに気がついた。目を凝らすと船が見え、光は提灯や雪洞のものらしかった。煌びやかな装飾も美しい。管絃船だ。

笙や篳篥などの、雅な音が波間に響く。

酒を飲んだ観衆たちは、気の向くままに舞い踊る。あたりは混然一体となり、もはや生も死も区別がつかない。すべてが生で、同時に死なのだ。

宴は果てしなくつづいていく――。

十分に満喫したところで、おれたちは宿へと引きあげた。高揚感で身体が火照り、なかなか眠りにつけなかった。頭の中には、闇夜に浮かぶ朱塗りの社殿が刻まれていた。

翌朝、おれはずいぶん早くに目が覚めた。

隣では友人がいびきをかいて眠っている。おれはひとり、散歩に出かけることにした。まだまだ余韻に浸りながら明け方の海辺を歩いていく。酔いつぶれて気持ち良さそうに眠る人が、ところどころに転がっている。

ほのかな光に照らされた海は、すっかり潮が引いていた。昨夜の宴が、まるで夢だったかのように思えてくる。

と、社殿の近くを通りかかったときだった。おれは、あっと声をあげた。

不思議な宴の主役たちは無事に海へと還ったようで、その確固たる証を目にしたのだった。

剥きだしになった海の底には、たくさんの足袋の跡が残されていた。見事な大鳥居のほうに向かって。

山口　鍾乳洞の音楽会

その音楽会のことを知ったのは同僚の紹介によってだった。長年、山口に住んできたけれどそんな話は初耳で、はじめは冗談を言っているのだろうと高を括っていた。ところがだ。同僚の誘い方は至って真面目なものだった。私は半信半疑ながらもそれに応じ、夜の郊外へと繰りだした。

たどりついたのは秋芳洞だ。国内屈指の鍾乳洞で全長は八キロ以上もあると言われる。山口に来ると、まずは足を運ぶ人が多い名所である。

一方、地元の人が行くことはあまりない。名所というのは大抵、外の人のためにあるのだ。

そんな秋芳洞を訪れるなんて、いつぶりだろうか。何十年前かに妻と行ったきりかなと思いながら、同僚の後につづいていく。

――そもそも秋芳洞って、夜は入れないのでは？

――いや、この日だけは密かに開放されるんだ。

入口付近は同じように懐中電灯を持った人たちで溢(あふ)れている。

「それでは、出発しましょう」

燕尾(えんび)服を着た老人が口を開いた。

「みなさん、私の後ろへ。足元にお気をつけて」

みなでぞろぞろ老人の歩みに歩調を合わせる。

しばらく進んでからのことだ。広い空間に出たなと思ったそのとき、老人は止まって声をあげた。

「さあ、鍾乳洞の音楽会へようこそ！」

懐中電灯であたりを探ると、天井からたくさんの鍾乳石がつららのように垂れている。

本当に同僚の話していた通りのことがはじまるのか――。

みなの灯りに照らされる中、老人は懐から銀色のタクトを取りだした。それを持ち、ひとつの鍾乳石に近づいていく。

コォン

高い音が鳴り響き、立てつづけに老人はその鍾乳石を打つ。

コォン、コォン、コォン

その音は次第に長く伸びるようになっていき、やがてワァン、ワァンと変音する。懐中電灯の光を消して、暗闇の中、みなで響く音に耳を澄ます。

そのときだ。別のところから音が聴こえはじめた。ワァアン、ワァアン。まるで呼応するように、周囲から同じような音が聴こえてくる。それは空間の中に立体的に広がっていく。

鍾乳石の奏(かな)でる音楽会に行かないかという、同僚の言葉が思いだされる。秋芳洞の鍾乳石には引き金となる一本の石柱が存在する。それを見極める指揮者がいて、その手に掛かると鍾乳洞全体が楽器に変貌(へんぼう)するという。

耳の奥まで突き刺さる高い音が鳴り渡る。

まるで音叉のようだなと、私は思う。ひとつの音叉が細かく震え、何もない空間を伝播して別の音叉を震わせる。共鳴だ。

ここにあるのは、何千年、何万年かけてつくられた天然の音叉。時のつくった楽器は連鎖して音を繋ぎ、空間全体を壮大な楽器に変えていく。

ワァァァン、ワァァァン

身体が震えた。魂が震えた。奏でられる音楽に、私は全身全霊で震えてしまう。

ワァァァン、ワァァァン、ワァァァン、ワァァァン

いつまでも震えていた。鍾乳石に震わされていた――。

家に帰ってからも、まだ余韻は強く尾を引いていた。ワァァン、ワァァン。耳の奥で音は鳴り止むことがない。それは耳障りなものではなく、心地のよい自然の歌声。深く

落ち着く音である。

と、ひとりソファーでぼんやり音に浸（ひた）っていると、台所にいる妻が目に入った。妻は何かに耳を傾けているようであり、身体を小刻みに震わせている。

なるほど、と、私は思う。

私の中に深く残った鍾乳石の奏でる音は伝播して、妻をも共鳴させたようだ。

香川　さ抜きうどん

本物のうどんを楽しみたいなら、ここは絶対外せない。

香川出身の友人の口利きで一見（いちげん）さんお断りのうどん屋を紹介してもらったのは、香川旅行が決まってからだ。うどんをひたすら食べるツアー。そんなひとり旅行を企画して、良い店を教えてもらおうと友人に相談してのことだった。

一見さんお断りというので構えていたが、その店は古民家を改装してつくったような簡素な店だった。

藍染（あいぞ）めの暖簾（のれん）には、白抜き文字でこんなことが書かれてある。


――さ抜きうどん　恵比須屋（えびすや）――

友人から聞いていた通りだなと思いつつ、おれは店内に通してもらう。

メニューには、ぶっかけうどん、釜揚げうどん、肉うどんなどが並んでいる。

逡巡した後ぶっかけうどんを注文すると、おれは友人の言葉を思い返した。

香川のうどんは昔の名残で讃岐うどんと呼ばれているが、その店の「さ抜き」という名称はそれをもじったものではない。店で出す変わったうどんの特性に由来したものなのだという。

食べるとあまりのうまさに、しばらく言葉を忘れてしまう。比喩などではない。本当に、ある言葉を忘れてしまって発音できなくなるらしい。

それは「さ」。

うどんを食べた者は「さ」が言えなくなってしまい、だから「さ抜きうどん」と名づけられたのだと友人は言った。

「お待ちどおさまです」

出されたものは別段変わったところは見当たらない、よくある普通のうどんだった。

割箸をパキッと割って、ずずっと麺を啜りあげる。

――うまい――

モチッとした腰のある麺、そして麺に負けないイリコ出汁……あっという間に完食した。


「肉うどんで」

「山菜うどんで」

「天ぷらうどんで」

立てつづけに平らげる。

四杯食べたところでさすがに満腹になって、少し休んでおれは言った。

「すみません、お会計を……」

やってきた店の人に、感謝を伝える。

「すごくおいしかったです。ごちそうまでした」

あれ？

違和感があり、おれはもう一度、口にする。

「ごちそうまでした」

あっ、と思った。「さ」が発音できない！

「ふふ、すみません、一週間ほどはその状態がつづきます」

店の人は、いたずらっぽく笑っている。

おれは言う。

「これだけのものを食べさせていただいて、この程度の代償で済むのなら安いものですよ」

必ずまた来させてください。いこうの味でした。

そしておれは店をあとにしたのだった。

帰りながら、友人の言葉をまた思い返していた。

さ抜きうどんが食べられるのは、この店だけだ。が、全国にはこの店から暖簾分けしてもらった店がたくさんあるのだという。

中でも某店の勢いは凄まじく、全国に急速にチェーン展開しているらしい。したがって、その影響は広範囲に及んでいる。何しろ、そのうどんを食べると言葉を忘れてしまうのだから。

うまさと引き替えに失う言葉は本家の「さ」ではない。こちらは「ら」が発音できなくなるという。

日本語の乱れとして指摘されている、ら抜き言葉。

じつは、某店の提供している「ら抜きうどん」に端を発しているとのことだ。

徳島　渦潮汁

「徳島に行くなら、渦潮汁を食べようよ」

妻の言葉に、おれは尋ねた。

「渦潮汁？」

「うん、友達から聞いたことがあるんだけど、地元の伝統料理なんだって」

おれはすぐに、鳴門海峡の渦潮を思い浮かべた。妻の言う料理は、あの渦潮にちなんだ何かなのだろうか。漠然とイメージを抱きながら、おれたちは旅に出かけた。

クルーズ船の上から見た渦潮の迫力はすごかった。海の中心に向かって、有無を言わせず周りのすべてを引きずりこんでいくような感じ。渦の奥底――吸いこまれていったその先は無限の彼方につながっているんじゃないか。そんなことを思わされるほどだった。

船を下り、歩いていたときだ。妻が、あっと口を開いた。

「渦潮汁だ！」

見ると食事処と書かれた店がそこにあり、渦潮汁と記された幟（のぼり）が立っていた。ちょうど昼時でもあったので、そこに入ってみようとなった。

メニューには、いくつかの定食と、プラス五百円で味噌汁を渦潮汁に変更できると書かれていた。

「どんなのだろうね」

迷わずプラス五百円のほうを選んで注文すると、ほどなくして食事のお盆が運ばれてきた。

真っ先に、おれと妻は隅に置かれたお椀（わん）の蓋（ふた）を取り外した。

「なにこれ！」

声をあげたのは同時だった。

お椀の中には不思議な光景が広がっていた。

透明なそれは、澄まし汁を思わせた。が、具のようなものは見当たらず、代わりに別のものがあった。どういう仕掛けかお椀の中心はぐるぐると渦を巻いていて、小さいながらも渦潮のようなものがあったのだった。

「どうなってんの……？」

「ね……」

食べても大丈夫なものか、躊躇が生じた。しばらくお互い固まったあとで、店員に声を掛けた。

「あの、これ、食べられるんでしょうか……」

店員は笑って言った。

「もちろんです」

そして説明してくれる。

「出汁もよく効いているはずです。鳴門の魚介をふんだんに使っているんですよ。このあたりの潮は流れが速いので、よく身の締まった魚が捕れます。マダイ、ハマチ、タチウオ、ハモ……新鮮な魚をぶつ切りにして大鍋で煮込んでつくるのが渦潮汁です。鳴門育ちの魚介類は内に渦潮を宿しているので、煮込むうちに汁に変化が現れはじめます。小さな渦潮がたくさん鍋にできるんです。混ぜたりせずとも、自然のうちに。それをすくって取り分けたものが、この渦潮汁というわけです」

目の前のお椀に、おれは再び視線を落とす。時間が経っても渦の勢いは衰えない。

「でも、本当に大丈夫なんでしょうか……」

心に不安がよぎっていた。

「ここにあるのは、本物の渦潮と同じようなものなんですよね？　そんなものを食べたりしたら……」

クルーズ船からこの目で見た渦潮のことを思いだす。ごうごうと音を立てながら荒々しく海に陣取っているそれ。食べるなんて身体に悪影響なんじゃないかと思ったのだ。

「ご安心ください。これまでもたくさんの方々が召し上がっていますから」

店員は自信ありげに胸を張る。

と、そのとき、妻に目をやり驚いた。店員の説明に満足した様子の妻は、すでに渦潮汁に口をつけていたのだった。

「うわあ、おいしい！　ねぇ、これ、すっごいおいしいよ！」

そして、定食のごはんをどんどん口に放りこみだす。

おれは首を傾げた。妻は普段、小食なのだ。しばらくたっても、妻の箸は休む様子を一向に見せない。

「ちょっとちょっと、そんな一気に食べて大丈夫なの？」

ハッとした表情の妻は、

「そういえば……でも、なんかお腹が空いちゃって」

すると店員が口を開いた。

「渦潮汁を食べると、みなさん同じようになるんですよ」

おれは尋ねる。

「……どういうことですか？」

「消化するまで、汁は胃の中でぐるぐる渦を巻きつづけるんです。ですから食べても食べても食べた物は引きずりこまれて、渦の奥底——無限の彼方に消えていってしまうんですよ」

愛媛　蛇口のみかん

「知ってるよ、蛇口をひねると水の代わりにみかんジュースが出てくるんだろ?」

愛媛出身だと言うと、よくそんな言葉が返ってくる。

いつから、誰が言いだしたのか……。

聞かれるたびに、都市伝説だと苦笑するばかりである。

もっとも、その噂を逆手にとって、本当にそういう蛇口をつくってしまった施設もあるらしい。うまく乗っかったなぁと感心する。

ところがだ。久しぶりに実家に帰って、おれは信じがたい光景を目にすることになる。キッチンで水を飲もうと蛇口をひねったときだった。出てきたのは、なんと水ではなくてオレンジ色の液体だったのだ。

おれは急いで母に言った。水道がおかしくなっていると。

「ああ、それ」

母は平然と口にした。

「知らんかったん？　ちょっと前に県で導入されたんよ」

「導入？　何が？」

「みかんの蛇口」

「はあ？」

まったく意味が分からない。説明を求めると、母は言った。

「テレビとかでいっつも蛇口からみかんジュースが出るとかって言われるやろ？　変な噂流されてとか思いよったら、県の観光課が目をつけたんやって。

それやったら、もう全部の蛇口からほんとにみかんジュースが出るようにしよやって。

みかんは美容にも健康にもええし、ＰＲのためだけやなくて県民にも良い影響があるやろとかテレビで言うとった。

実際、最初は反対派も結構おったらしいんやけど、動きだしたらなかなか好評みたいよ。果汁１００パーセントで、ちゃんとしとるみたいやしね。うちでも朝も昼も夜もいっつも飲んで重宝しとんよ。都市伝説に感謝やね」

いやいやいや、そんなアホな……。

そう突っこみたくなったけれど、両親ともに自然と受け入れている様子。おれは狐につままれたような思いを抱きつつ、現実に従わざるを得なかった。

が、キッチンでの出来事はすべての序章に過ぎなかった。

夜になり風呂に入ったときのこと。湯船を見て、おれは口をあんぐり開けた。オレンジ色の液体がなみなみ注がれていたのである。

「さっき言うたやん。全部の蛇口からみかんジュースが出るようになったって」

母に訴えるも、そんな返事が戻ってくるのみ。

「でも、さすがにこれはないやろ……」

ちょっと度が過ぎていると言わざるを得ず、苦言を呈する。しかし、母は動じない。

「そんなこと言って、あんた小さいときにみかんをお風呂に浮かべて、みかん風呂しよったやんか。おんなじやん」

「はあ？」

そう言いつつも咄嗟に反論が浮かんでこず、おれは口を噤んでしまった。

「……ほんなら、ほんとにほかの蛇口もこうなっとん？　外のホースとかも？」

「当たり前やん。いまは庭の花にも、みかんジュースをやりよるよ」

おれは思う。ということは、父はみかんジュースで洗車をしているということだ。みかんに洗浄作用はあるのだろうか。いやいや、そういう問題か……？

そのとき、ふと、母の顔に目がいった。よく見ると、その肌がやたらと黄色いことに気がついたのだ。みかんを食べ過ぎたときみたいだが、まるでそれに汚染されたみかん人間じゃないかと思う。

「ちょっと、ごめん」

なんとなく、おれは母の腕を取って皮膚をつねった。

イタッと言う声と同時に、果汁のような液体が放物線を描いて飛んだ。

高知　一本釣り採用

就職活動が開始して、いろいろと焦りが出はじめる。気がつけば周囲のやつらはせっせと情報収集に励んでいて、すでに後れを取ってしまったおれは慌てて大手企業に勤める二つ上の先輩にOB訪問を申し入れた。

「本日はお忙しい中お時間をとっていただいて……」

会社ビルのエントランスで頭を下げると、先輩は笑った。

「なんだよ、急によそよそしくなって。サークルのときみたいに、気楽に気楽に」

近くのカフェの席につくと、さっそく前のめりになって尋ねた。

「あの、いろいろとお聞きしたいことはあるんですが……そもそも先輩はどうして御社に入ることを決めたんですか？」

「その質問ね。やりたいことと会社の方向性が一致してたからかなぁ……なんて、学生の前で喋るときはそんな模範解答みたいなことをよく言ってるんだけど。じつはおまえだから言うけど、本当は全然違ってってね。おれの場合、やりたいことは入社してからだんだん決まってきてるって感じで。むしろ就活のときなんて何も考えてなかったよ」

おれは咄嗟に思ってしまう。もし先輩の言葉に偽りがないなら、それで有名企業に入れるんだから何の取り柄もない自分にはあんまり参考にならないかもしれないな……。

「さすが先輩です……」

諦めのような気持ちでそう言うと、先輩は、そうじゃないんだと口を開いた。

「おれは運が良かっただけで」

「そんな、謙遜しないでくださいよ」

「いや、真面目な話、これが事実なんだからしょうがない」

先輩は一拍置いて、こう口にした。

「おれはね、うちの会社に一本釣りしてもらったんだよ」

「一本釣り……？」

優秀であるがゆえに、目をつけられてスカウトされたということだろうか。

「違う違う」

笑いながら先輩は言う。

「でも、うちの社員のほとんどがそうらしいんだけど、かなり変わった採用方法なのは間違いないな。ところでさ、高知のカツオの一本釣りのこと、知ってるか？」

急な展開に戸惑いながらも、おれは答える。

「はあ……えっと、船から竿で釣りあげる……」

いつかその映像を見たことがあった。高知のカツオ漁師たちは、一本の竿だけを携えてカツオに挑む。たしかカツオが傷つかないよう、返しのついていない針を糸に結んで海に投げる。するとたちまちカツオが掛かり、竿の撓りを利用しながらぽーんと船の中に放り入れる。ひたすらそれを繰り返すのだ。

「そうそう、詳しいな。おれなんて入社するまで知らなかったよ。で、おれはね、ある日キャンパスを歩いてたときに一本釣りされたんだ。うちの会社に雇われた漁師さんに」

「……はい？」

「信じられないだろうけど本当の話でさ。もうな、いきなりだったよ。考える間もなく身体は宙に浮いていて、一瞬のうちにクッションの上に落ちててね。それで待ち構えてた人事の人に、うちの会社に来ないかって誘われたんだ。

ちょうどおれは、やりたいこともこれといってなかったし、だから受ける会社も決められてなかったしで、就活にかなり悩んでて。そこに大手企業から突然の内定の打診だろ？　迷うことなく飛びついたよ。

ちなみにこれは入社してから知ったんだけど、うちの会社は就活時期になると高知の漁師さんたちにお願いして、いろんな大学に行ってもらってるみたいで。そこで一本釣りをして、内定を出す。普通に採用活動をするよりも、そうやって釣った人材のほうが傷はないし鮮度もよし、即戦力でよく働くらしくて。うまいことやってるよな、我が社ながら。

ってことで、おれの場合は完全に運で入れたんだよ。わざわざ来てもらって、何の参考にもならなくて申し訳ないけど」

「いえ……」

そしておれはほかにいくつか質問したあと、お礼を言って先輩と別れた。

その日から、キャンパス内を前にもましてよく歩くようになったのは言うまでもない。

先輩は運だと言っていたが、こうして歩く時間を増やしていると一本釣りしてもらえる可能性は高くなるんじゃないだろうか。そう考えてのことだった。

けれど、現実はそう甘くはなく、時間はどんどん過ぎていった。ぽつぽつと外資系企業で内定者が出はじめたという噂を聞いて、ますます焦りと不安は募っていく。

このまま運に任せて待っているのは、いかがなものか……。

おれはキャンパス内で配られていた「絶対内定！　全業種を網羅（もうら）！」というチラシを手にし、合同会社説明会なるイベントに参加することを決意した。

会場はリクルートスーツ姿の学生で溢（あふ）れていた。誰もかれも目が血走っていて異様な熱気に満ちている。

そのときだ。急に身動きがとれなくなってパニックになった。いきなり何かが降ってきて、身体に纏（まと）わりついてきたのだ。

しばらくしてやっと状況を理解してから、なるほどと、おれは思った。

誘い文句で就活生を呼び寄せて、良いも悪いもとにかく一網打尽にしようというわけだろう。

そんなことを考えながら、おれはどこかの会社の放った投網（とあみ）に引きあげられる。

第六部

九　州

福岡　替え玉

福岡で友人に案内してもらったのは、博多ラーメンの店だった。

「麺の硬さは？」

厨房の奥から飛んできた言葉に、友人はすぐさま大声で答えた。

「彼は硬めで、ぼくはバリ硬で！」

聞いたことがあるぞ、と、おれは思う。

たしか博多ラーメンでは麺の硬さを指定できるのだ。友人は福岡出身じゃないのに、なんだか通ぶってるなぁとむずがゆい気持ちも芽生えつつ、胸を張ってこちらの分まで即座に注文してくれる姿が少し頼もしくもあった。

差しだされた器からは、癖のあるトンコツの香りを含んだ湯気が立ちのぼっていた。友人を真似て、ゴマと紅ショウガをふんだんにまぶす。

麺を啜（すす）ると、同時に言った。

「うまいっ！」

「だろ？」

友人は得意げな顔で言う。

彼は少し前に転勤で福岡にやってきた人間だった。たまたま仕事で福岡に行くことになったおれは連絡を取り、せっかくだからと久しぶりに飲むことになった。

一軒目で水炊きの名店に連れていってもらって、焼酎片手に身体を温めた。近況を語り合うところからはじまって、たわいもない雑談にふけったあと、店を出てから最後に〆（しめ）のラーメンを希望したのはおれだった。

麺を食べ終え乳白色のスープを飲んでいると、友人は言った。

「あっ、スープは残しておいたほうがいいから。もしまだお腹に余裕があるなら、だけど」

首をかしげたおれは、一拍置いて、すぐに悟った。

「なるほど」

これが、かの有名な――。

「替え玉か」

「そういうこと」

　これまた聞いたことがあるぞと思った。スープを残して、麺だけをおかわりするのが博多流だ。店によっては、スープを追加してくれるところもあるんだとか。

「それじゃあ、大将、替え玉で！」

　おれはすかさず注文した。〆のはずだったのに、箸が進んで止まらない。

と、次々と麺をすするおれとは逆に、友人のほうはなぜだか一杯で箸を止めた。

「いかないのか？　替え玉」

　尋ねると、いや、と、彼は少し戸惑った様子を見せた。

「食べてる途中に、なんだか微妙に味が違うような気がしてきたっていうか……ここの店にはたまに来るんだけど、いつもこんな味だったっけかなぁ……」

　それを聞いていたらしい店主は、ひょっこり厨房から顔を出した。

「いやあ、お客さん、力不足ですみません」

　彼は申し訳なさそうに頭を下げる。

「今日は本物の店主が不在でして……私は替え玉なんですよ」

大分　どんこ傘

知人から届いた箱を見て仰天（ぎょうてん）した。両手をいっぱいに広げてようやく抱えられるほど大きなそれには、贈答品というシールが貼られていた。

もしかして、と、私の中に心当たりが思い浮かぶ。その知人とは少し前に仕事をする機会があり、たまたま起こったトラブルの処理を代わりに担（にな）ったことがあったのだ。

だが、本当に驚いたのは箱を開けてみてからだった。中には箱一杯に広がった巨大なキノコが入っていて、これにはさすがに度肝（どぎも）を抜かれた。

「もしもし、あの、贈っていただいたもののことで……」

すぐに知人に電話を掛けると、彼は嬉しそうに口にした。

「届きましたか。どうですか？」

こちらの反応を楽しみにしている。そんな雰囲気が電話口から感じられ、私は言葉に詰まってしまった。しばらく逡巡したのちに、口を開いた。

「あの、これはいったい……」

知人は、なるほど、と察したように声をあげた。

「そのご様子だと、まだパンフレットを読まれていないみたいですね。となると、ずいぶん驚かれていることでしょう」

「そうなんです、こんなのは初めて見ましたので……あの、お化けかぼちゃみたいなものでしょうか」

ははは、と彼は笑う。

「似たようなところはありますが、ただの巨大野菜ではありませんよ。それはシイタケの名産地、大分で品種改良してつくられたものでしてね」

シイタケ、と、私はつぶやく。

「ええ、それも食べるためのものではありません。傘なんです」

呆気にとられている私をよそに、知人はこんなことを語りはじめた。

曰く、これは「どんこ」という部類に属するシイタケらしい。シイタケにはいくつか種類があるようで、上部が平らに開ききって薄いものを「こうしん」と呼ぶ。その反対、開ききる前の丸形で肉厚のものは「どんこ」と呼ばれ、高価なものとして出回っているようなのだ。

どんこは冬の間、ゆっくり時間をかけて育てていき、冬の終わりごろに収穫される。味も香りも素晴らしく、鍋などの煮込み料理にもってこいなのだという。

そのどんこを人間が収まる大きさまで巨大化させたものが、贈られてきた「どんこ傘」だということだ。

「手前味噌で恐縮ですが、どんこ傘はめったに手に入らないものなんですよ。ひとつひとつ丁寧に育てあげねばいけませんので生産量は極めて少なく、大分以外に出回ることはまずありません。

今回、知り合いの口利きでひとつ譲ってもらえることになったので、これはお礼にうってつけだなと思い贈らせていただいたんです」

彼の声は、秘密を打ち明ける子供のように弾んでいる。

私は尋ねた。

「……ということは、ですよ？　これは傘として使えるということでしょうか」

「もちろんです。どんこ傘はブランド品なので、見る人が見れば、こいつはやるな、となりますよ。それに、実用面でも役立ちます。持ち手が太いので多少の持ちにくさはありますが、傘の部分はすこぶる頑丈。水をしっかりはじいてくれますし、丸形なので身体はすっぽり包まれて、雨から守ってくれるんです。

普通の傘を差していると、ときどき内側の金属の骨が頭に触れて思わず首をすぼめてしまうなんてことがあるでしょう？　どんこ傘の場合、内側は細かい襞（ひだ）になっていますので、頭が当たってもふかふかです。その感覚が心地よくて、しょっちゅう頭をぽんぽんやりたくなるはずです」

興奮気味に話がどんどん進んでいくので、もはや、はあ、としか言うことができない。

「しかも、私が譲ってもらったのが、どんこの中でも最高級品といわれる『花どんこ』でして。なので正確に言うと、それは『花どんこ傘』といいます。傘の表面が花みたいに白く美しく罅割（ひびわ）れているでしょう？　それが花どんこの証（あかし）です」

私は箱の中を覗（のぞ）き見る。たしかに表面が何か所も白く割れている。

ただ、と知人はトーンを変えてこうつづけた。

「どんこ傘は使う前にちょっとしたひと手間が必要ですからご注意くださいね。詳しくはパンフレットに書かれてあると思いますが」

「手間ですか？」

「ええ、そのままですと乾燥していますから、使う前に水で戻さないといけないんです」

「水？　戻す？」

「特に肉厚のどんこの場合は、それにちょっと時間がかかりまして」

ですから、と知人は無邪気そうな声で言う。

「その傘をお使いになりたいときも、水に浸けてしっかり戻してやってください。前の日からゆっくりと、一晩かけて」

宮崎　世間の波

　入社して二か月が経つころになると、おれたちは心を躍らせはじめた。入社時に受けた説明によると、二か月間の全体研修の集大成として、うちの会社では新入社員全員で宮崎へ合宿に行くのが恒例行事になっているのだという。

　その日が近づくにつれ、同期の間での会話はもっぱら宮崎の話題になっていった。気の利くやつがガイドブックを買ってきて、定時を過ぎるとカフェに立ち寄り雑談する。宮崎はマンゴーがうまいらしい。いや、チキン南蛮も外せない。研修内容は知らされていないが、自ずと期待は膨らんだ。

　三十人のおれたち同期一同は、人事部長に引率されて飛行機で彼の地へ向かった。

　宮崎は六月だというのにもう暑く、じんわり汗ばむ。荷物をホテルに置くとバスに揺られて研修地へと運ばれていく。

昼間はどこかの施設に缶詰にされ、座学にでも勤しむのだろう。

そんなイメージを漠然と持っていた一同は、到着してみて歓喜した。晴れやかな空のもとに漂うは、潮の香りだったのだ。

サーフィンだ——。

瞬間的に、おれは悟った。宮崎はサーフィン天国ともいわれているのを、いつか聞いたことがあった。人事部長にサーフボードを渡されて、予感は確信へと変わる。

ところがだ。ボードを片手に浜辺に出てみて困惑した。肝心の海が見当たらず、広がっていたのはどこまでも広い砂浜のみだったのだ。ウェットスーツも支給されず、おれたちはスーツのままで砂浜の上に立ち尽くした。

ひとりがこぼす。

「海は？　波は？」

それを聞いた人事部長が口を開いた。

「きみたち、ちゃんと目を凝らしてみなさい。集中すれば自ずと眼前に見えてくる」

何のことかと思いつつ、おれは言われた通りに凝視した。そのときだ。何もないと思いこんでいた砂浜に、半透明の波打つ何かが見えたのである。場はどよめきに包まれる。

「これはな、世間の波というやつなんだ。ほら」

指差す先には奇妙な光景……スーツ姿の男女がサーフボードに立ちあがり、その半透明の波の上を滑っていた。

「ここはな、ビジネスマンがやってきて己を鍛える場所なんだ。宮崎には全国、いや全世界から世間の波が集まってきて、乗り甲斐のある良い波がつくられる。彼らはここで波乗りをすることで、ビジネス感覚を磨いているというわけだ。

きみたちにも、この二泊三日の研修で世間の波に乗る訓練をしてもらう。学生から社会人になるための越えるべきハードルというやつだな。この日程では全員が乗りこなせるようになるのは難しいかもしれないが、やれるだけやってみなさい。ただし例年、自分の限界を見極められず溺れそうになる者もいる。かつては遭難騒動もあったほどだ。だから、無理だけはしないように」

その瞬間から、波乗り合宿が幕を開けた。

おれを含む数人についてくれたインストラクターは、全社的にトップ3の売上を誇るバリバリの営業マンの先輩だった。

「まずはボードに腹這いになって、波を捉える練習からはじめよう」

颯爽と着こなしたスーツ姿で、先輩は半透明のその中へと入っていく。おれたちもつづいて入る。濡れはしないが、スーツ越しに冷気が伝わる。

少し行ったところで立ち止まり、先輩はお手本を見せてくれた。腹這いになり、やってきた波を捕まえて、すーっと前へと進んでいく。それを真似て、その日はひたすら波を捉える練習を繰り返した。

「いいか、これがおれたちの戦う世間というやつだ。遊び感覚では命を奪われる危険さえある。肝に銘じて気を引き締めろ!」

「はいっ!」

翌日も、朝からバスで浜辺に向かった。前日の復習をしたあとで、もっと沖、波の高い場所までやってくる。腕で掻くパドリングというものを教わって、より波をうまく捉えられるように練習する。コツをつかんだらしい何人かは、よろけながらも、はやくもボードに立ちあがっている。

「人は人、自分は自分。競争してモチベーションがあがるなら結構だが、焦って自滅するくらいなら気にするな!」

三日目は夕方の飛行機までの時間いっぱいを練習にあてた。そのころになると、おれもかろうじて立ちあがって波に乗れるようになっていた。時間になって浜辺にあがり、先輩はおれたちに向かって言った。

「合宿でここまでできるようになったなら合格点だ。が、大切なのはここから先であることを絶対に忘れないこと。あとは現場で腕を磨け！」

「はいっ！」

本社に戻り、研修もとうとう最終日となった。

いまや同期全員が日焼けして、たくましい顔つきになっている。かくいう自分も、あの合宿で一皮剝(む)けたような気がしている。

配属発表が行われ、明日からは、いよいよ本格的に仕事がはじまる。いっそう気を引き締めなければと、おれは緊張感に包まれる。

人事部長からは、現場の波は宮崎よりも、もっともっと荒々しいと脅されている。サメもいるとか、いないとか。

熊本　懐かしい肉

熊本といえば馬肉である。脂肪が少なく栄養豊富。桜色のその肉は、多くの人を魅了する。

珍しい馬肉が食べられる店があるんです。

得意先の専務にそんなことを言われたのは、商談の後だった。もし時間が許せば一杯どうですか。私はぜひにと応じ、彼に連れられ町へ出た。

その店は雑居ビルのワンフロアを占めていた。扉を開けると食欲をそそる香りが漂ってくる。よろしければ、オーダーは私にお任せを。専務は微笑み、店員にいくつかの料理を注文した。

辛子レンコンのお通しを食べると、馬刺しの盛り合わせが運ばれてくる。

これが珍しい馬肉……？　見た目は、これまで食べてきたものと大差はなかった。が、口にしてみて、なんとも言えない気持ちがこみあげてきた。

なぜだか、懐かしい感じがするのである。

専務は子供のように、にこにこと嬉しそうな顔をしているのみだ。

七輪が運ばれてきて、焼肉がはじまった。馬肉のカルビ、ロース、ハラミ、ホルモン。

店員が焼いてくれたそれは美味と言わざるをえなかった。そして同じく、懐かしい気持ちになるのだった。

私は、クジラの肉のことが思い浮かんだ。昔、給食でクジラを食べていた人は、年を取ってからそれを食すと懐かしい気持ちになるらしい。

よもや自分も、目の前のものと同じ馬肉をかつて食したことがあるのだろうか……そんなことを考えつつも答えには行きつかず、曖昧なまま箸を進めた。

自分の感覚を専務に素直に伝えたのは、一通り料理をいただいてからのことだった。

分かりますよ。専務はゆったりとした口調で、私も同じですからと言った。

「むしろ、あなたにも感じていただけてよかったです」

これは馬肉なんですよね？　珍しいとおっしゃっていましたが、どんな種類のものなんですか？

尋ねると、専務はこう口にした。

「これはですね、馬は馬なんですが、一風変わった馬なんです」

「はあ……」

「木馬の肉なんですよ」

「木馬？」

「ええ、メリーゴーラウンドなどのアレです」

俄かには返事ができかねた。相手の表情を窺っていると、そのうち彼は口を開いた。

これは紛れもない、木馬の肉なんです。もちろん、よくある木馬はその名の通り形だけの造形物に過ぎませんが、中には時間が経つと性質が変化しはじめる個体がありましてね。

子供や親を背に乗せるうちに、人間の持つエネルギーが木馬の身体に伝播して、熱が宿りだすんです。そして年月を経るにつれて木馬の体温は高くなり、ついには鼓動を打ちはじめます。ポールに固定されているので動くことはできませんが、生き馬さながらにまで変わるんです。

年季の入ったメリーゴーラウンドは、世代を超えて人を惹きつける力がありますよね。

それは単に古びた木馬が風情を感じさせるというだけではなく、人々は木馬の持つ体温を知らず知らずのうちに感じて惹きつけられているんです。

　ですが、そんな木馬にもいずれは世代交代のときがやってくる。この店は廃棄される木馬を譲り受けて、命の恵みに感謝しながら馬肉としてお客さんに提供しているというわけです。懐かしさを感じてしまうのは、むかし木馬に乗った思い出が無意識のうちに胸を騒がせるからだということです——。

　彼の話は嘘のようなものだったが、なんだか無性に惹きつけられた。

「ただし、いまでは遊園地自体がどんどん姿を消していて、それに伴いメリーゴーラウンドの数も減ってきています。ですからこれから先は、この木馬の肉はどんどん稀少化していくことでしょうねぇ」

　ただ、と彼はつづける。

「この店ではすでに、ある対策をはじめているらしいので心強い限りですけど」

「なんですか……？」

　養殖です、と、彼は言う。

「養殖⁉」

声を裏返す私に向かって専務は頷（うなず）く。

「このビルの屋上にはメリーゴーラウンドがたくさん設置されていましてね。それらに命を吹きこむべく、従業員のみなさんは夜な夜な回転する木馬に乗って子供みたいに無邪気に遊んでいるのだそうです」

鹿児島　縁赤外線

失恋して落ちこんでいると、友達が旅行に誘ってくれた。

「気分が晴れるでしょ？　それに、うちらに打ってつけの場所もあって」

友達は長らく彼氏がいなくて、いつもそのことを嘆いてばかりいる。

独身ＯＬ女子の二人旅で向かった先は鹿児島だった。

レンタカーで走っていると、窓ガラスが少しずつ曇っていく。それが桜島の火山灰によるものだと知って、活火山と一緒に生きるということを改めて考えさせられた。

到着したのは、その桜島の近くの温泉だった。

「ここの岩盤浴に行きたかったんだ」

なんでも、桜島で採れた溶岩が使われているらしい。

「溶岩って、すごく健康に良いんだって。遠赤外線効果があるらしくて」

遠赤外線……耳にしたことはあったけれど、どんなものかは曖昧だった。聞いてみると、詳しくはないんだけどと言いながら友達はこう教えてくれた。

「表面を温めるんじゃなくて、身体の芯からじっくり熱を通してくれるの。だから、ぽかぽかが長くつづくんだって」

冷え性によさそうだなぁと、わたしは思った。

そのときだ。友達が妙な話をはじめたのは。

「だけど、ここの岩盤浴は、いわゆる普通の遠赤外線が出るんじゃないの。ご縁の縁っていう字を書いて、縁赤外線」

「えっ？」

「ほら、看板にも書いてあるでしょ？」

車内からそちらに目をやった。たしかに「縁赤外線」という字が見える。

「どういうこと……？」

混乱していると、友達は言った。

「ここの岩盤浴の石は、桜島の溶岩の中でも特別なものを使ってるの。桜島にある月讀神社っていう縁結び神社の下から採ってきたらしくって」

長らく知る人ぞ知る場所だったのだけれど、昨今のパワースポットブームで俄かに脚光を浴びることになった。ここで岩盤浴をすると、不思議と良いご縁に恵まれるという。施設の中には、ここをきっかけに誕生したカップルや夫婦たちの写真が飾られているらしい。噂が噂を呼んで、いま恋に悩む女性たちを中心に人気なのだと彼女は説明してくれた。

「縁赤外線っていうのも、その中の誰かが名前をつけたって話で。まだまだ科学では分かってないところも多いらしいんだけどね。でも、効果があるんだから、理屈なんてどうでもいいよね」

わたしは頷く。

意地悪な見方をすれば、宝くじがよく当たる店に通ずるものがあるのかもしれないとは思う。一度当たりが出ると、人はこぞってその店に出かける。すると買う人数が増えていき、自ずと分母が大きくなって当たる人の出る確率もますます上がる。

この岩盤浴もそのたぐいかもしれないなと思いつつ、わざと期待を抱かないようにしている自分にも気がついている。こういうとこで素直になれれば、もっと変われるのかもしれないなぁ。漠然と、そんなことを考える。

「で、うちらも縁赤外線をたっぷり浴びて」

「良い出会いに恵まれますように、ってわけかぁ」

でも、と、わたしは自嘲気味にこぼす。

「たとえ良い出会いがあったって、長つづきさせられるかどうかは、また別の話だよねえ……」

まさしく前の彼氏がそうだった。

素敵な人で、会ってすぐに意気投合した。燃えるようにどんどん熱は高まって、恋に溺れる形になった。その結果が、半年という期間でのスピード破局。どんなに良い出会いがあっても、その先こそが大切なのだと痛感したばかりだった。

「それがね、ここのご縁はちゃんと長つづきすることでも有名なの」

「どういうこと？」

「そこのところは、遠赤外線に似てるんだって」

芯まで通った熱のおかげで、ぽかぽかが長くつづくアレとおんなじで。

友達は、誇らしげな様子で口にする。

「縁赤外線のもたらす恋も、時間がたっても冷めにくいって」

佐賀　ツマかけ

佐賀の有明海の干潟には貴重な光景が残っている。干潟にいるムツゴロウを巧みに引っかけ釣りあげる、ムツかけという釣りである。

漁師は長い竹竿を手にし、ピアノ線を糸に使って干潟に繰りだす。ハネイタという木の板に腹這いになって乗りこみ、泥の上を足で蹴って進んでいく。

ムツかけをしている漁師は、いまや日本で数人しかいないと言われる。取材でそのひとりのもとを訪ねた私は見事な腕前に驚愕することになる。

目にも留まらぬ速さなのだ。

竿を振り、針を投げる。瞬間、くいっと引いたかと思うと、もうムツゴロウが手元にある。即座に籠に入れてしまうと、またひゅんとひと振りする。一瞬にしてムツゴロウを手中に収める。

泥まみれになりながら、私は名人の隣で必死になって取材した。それを労ってくれたのか、ムツかけ名人はぶっきらぼうな口調ながら自宅に招待してくれた。

いや、そんな……。

そう遠慮する私に向かい、名人は言った。

「ムツかけの醍醐味は、こいつらを食うときばい」

聞けば、釣りたてのムツゴロウを自宅で振る舞ってくれるという。言葉に甘え、私は名人の後についていった。

うちのかかの料理は最高なんだ。

奥さんには聞こえないところでそう言って、名人ははにかむ。

「蒲焼きたい」

奥さんが出してくれた料理はてらてらと黒い光を放っていて、口に含むと、そのへんのウナギより余程うまいと感じさせられる味だった。

「言うたやろ。うちのかかの料理は最高やて」

またもや奥さんが引っこんでから、名人は得意げに口にした。

話は自然と、彼の武勇伝へと移っていった。

名人は、日によっては何百匹というムツゴロウをひとりで釣りあげるのだという。

若いころは地元でも評判になって、ずいぶんモテた――。

日本酒を片手に、台所を気にしながらそんなことを自慢げに言った。

それは凄い……何度も相槌を打つうちに私のリアクションを疑ったか、はたまた酒の酔いが回ったか、名人は少し機嫌を損ねた様子を見せながら口を開いた。

女房は、あんなでも若いころは村のマドンナだったんだ。

曖昧に頷く私に、名人は若干語気を荒らげてそう言った。そして彼は立ちあがり、部屋の隅の棚のほうへと近づいた。しばらく何かを探すような様子を見せて、一枚の写真を取りだした。

「これたい」

名人は写っている二人のうちの片方を指差した。それは爽やかな笑みを浮かべる青年だった。

これが自分だ。そして横にいるのが――。

「かかばい」

先ほど見た面影を宿した、若々しく美しい女性の姿が写っている。ちょっとした憧れが芽生えるほどのマドンナぶりだ。

私と名人の間には、打ち解けた空気ができあがりつつあった。だから軽口で、私はどうやって奥さんを口説いたのかと尋ねてみた。

「なに、ムツゴロウに比べたら楽勝たい」

名人は竿を振る真似をして、くいっと釣りあげる素振りを見せる。

私はたしかになぁと頷いた。

ムツゴロウを次から次へと釣りあげる、あの絶技。それに比べると、狙いすました女性の一人や二人くらい簡単なものかもしれないな……取材してきた私にとっては、そう思わざるを得ないところがあった。

と、そのときだった。名人が手に持つ写真に目を凝らし、私は首を傾げた。

あれ？

錯覚かと思い、目をこすってあらためる。古びたことでできてしまった傷だろうか。

そう思って確認しても、それは見間違いではなさそうだった。

写真の中の男女は、時代を経てもたしかに美しい。

ただ、問題はその男性、名人のほうにあった。

若かりしころの彼の背後、そこに私は妙なものを見出した。なんだか細い糸のようなものが天に向かって伸びているように見えるのだ。

いま奥さんは、台所でムツゴロウの料理をつづけている。

私はぼんやり考える。

あるいは名人は奥さんを釣りあげたのではなく、瞬時の技で釣りあげられたのではなかろうか。

長崎　カステラバイト

「あっ、食べちゃダメ」

背後から妻の声が飛んできて、おれはビクッと反応した。

「びっくりした……なになに急に」

「それは食べちゃダメなやつなの」

「ええっ、だってお義母さんたちからもらったものなんだから……」

目の前のものに目をやった。それはカステラ。長崎の妻の実家から届いたものだ。

「これは普通に食べるものじゃないの」

妻は妙なことを口にした。

「なんだって？」

「記録してから食べるもので」

「記録……？」

妻は、長崎でつくられている特別なカステラなのだと言った。

「これはね、ただのお菓子じゃなくて立派な記録メディアなの」

「は？」

「記録メディア。ＵＳＢとか、ハードディスクとか、ああいうやつの先駆けっていうか、遥かに進化したものっていうか。ほら、あれの容量をメガバイト、ギガバイト、テラバイトとかっていうでしょ？　これはそのテラバイトの、それもカステラバイトの容量を持った記録メディアなの」

「これが……？」

どう見ても、ただのカステラにしか見えなかった。中に何かのチップでも埋めこまれているというのだろうか。

仕組みはよく分からないんだけど、と、妻は言う。

「昔、ポルトガルから入ってきた技術を日本で独自に発展させたものなんだって」

「……で、そのカステラバイトってのは、結局のところは何テラバイトに当たるものなの？」

「それがね、テラっていうのはひとつの表現に過ぎなくて、聞いた話だと無尽蔵に記録できるらしくて。誰も限界にたどりついたことがないんだって。ちなみに記録のやり方はすごく簡単。カステラの底の薄紙を剝がして置いておくだけ。そしたら周りの音とか映像とかを自動的に記録してくれるってわけなの」

「……再生はどうするの？」

食べればいいだけだと、妻は言う。

「すると頭の中に、記録したものが自然と流れこんできて」

「てことは、一回限りで使いまわしはできないの？」

「うん。あと、そんなに日持ちもしないかな」

「案外、不便だなぁ……」

つぶやくと、これには時代背景も関係しているのだと、妻。

「昔、キリスト教が禁止されてたときがあったでしょ？」

いつか歴史の授業で習ったのを思いだす。

「あの時代の隠れキリシタンと呼ばれる人たちが、情報を仲間うちで伝えあうのに使ったらしくて。だから、もし見つかりそうになったとしても食べて証拠を隠滅できたり、一定期間がたったものは腐って勝手に記録がなくなってくれたりだとか、そういう彼らの要望に合わせてこのお菓子はできたみたい」

「へぇぇ……歴史の重みの詰まったお菓子だなぁ……」

キリスト教、ザビエル、出島……そんな言葉が脈絡なく浮かんできて、目の前の小さなお菓子がとても貴重なものに思えはじめた。

「それで、なんでお義母さんたちから、いまこれが？　これに何か記録されてるっていうこと？」

「ううん、中身はまだ空っぽ。底の薄紙もそのままでしょ？」

「なら、なんで……」

妻は半ば呆れたような口調で言う。

「それがね、アキラに会えないのが寂しいんだって」

そしてアキラ――息子を見やる。

「お盆とお正月くらいしか実家に連れてけてないじゃない。で、孫の成長をリアルに実感させてくれって送ってきたわけ」

妻は箱に書かれた日付を読みあげる。

「だから早くカステラにアキラのことを記録して、この賞味期限までに向こうに送り返さないといけないの」

沖縄　人魚の古酒（こしゅ）

　月光の下、椰子（やし）の木に囲まれたテーブルの上に載っているのは両手で抱えられるほどの大きさの壺（つぼ）だった。

「人魚姫の物語をご存知かと思います」

　その男は語りはじめる。人間の王子に恋い焦がれた人魚姫は魔女と契約し、自らの声と引き替えに人間となる。しかし恋は報われず、人魚はついに海へと身を投げ、泡と化す――。

「この壺の中には、その泡が封じこめられているということです」

　男は沖縄の古い酒屋の奥に鎮座（ちんざ）していた壺を見つけた。店主に何かと尋ねると、泡盛の古酒、クースであると返ってきた。ただし、ただの泡盛ではない。泡となった人魚姫を閉じこめた、文字通りの泡盛なのだと店主は言った。

古酒には法外な値段がついていた。が、男は金に物を言わせて買い取った。金持ち仲間を集めた別荘でのパーティーに持参して、自慢しようと思ったのだ。

「人魚の話が本当かどうかは定かではありません。私が店主に担がれただけ、というのも十分にありうる話です。なにしろ人魚姫の伝説は何百年、いや何千年も前のことですからね。ですから、これが飲めるものなのかも分かりません。が、物は試し。開封してみようではありませんか」

浜辺に向かって開かれた別荘には、金持ちたちが集っている。波音が静かに打ち寄せる中で、男は壺に手をかけた。

そのときだった。

「あっ！」

一同の動きが固まった。壺に向かって突進してくる影があったのだ。影は瞬く間に壺を奪い取り、椰子の奥へと駆けていく。振り向くことなくそれは走り、駆けて駆けて駆け抜ける。そしてやがて、後ろをたしかめ立ち止まる。三日月の照らしだしたのは、ひとりの青年の姿であった。

青年は壺を地面に置くと、まじまじと見つめた。自分はどうして、これを盗み取ったのだろうか――。

浜辺を散歩していたときに、人の集まりが遠くに見えた。近づいて壺が目に入った瞬間、無性にそれが欲しくなり、気がつけば走りだしていた。見えざる力に動かされたとしか言いようがなかった。

青年が壺を開封すると、強いアルコールの香りが放たれた。中を覗くと液面が黒く光っている。

何かが動いた。その証拠に、壺の中に同心円状の波が広がっていく。

飲みたい、飲み干したい――。

そんな衝動に駆られ、青年は壺を持ちあげそのまま呷った。勢い余って口の端から酒がこぼれる。それでも青年は止まらない。ごくごくと、水でも飲むがごとくに傾けていく。

酔いはすぐに回ってきた。ぐるぐると視界が歪む。

次の瞬間、青年は懐中電灯の眩しい光にさらされていた。

「いたぞ！」

声の主は先ほどの男たちであった。その声を合図に、男たちは青年を取り囲んだ。ひとりが壺を取りあげるも、中を覗いて悲鳴をあげる。

「ない、ない、酒がない！　こいつ……」

ひとりの男が酩酊状態の青年を殴りつける。青年は立ちあがろうにも酔いが回って動けない。倒れこんだ青年を、男たちは浜辺へと引きずっていく。砂の上で、青年は男たちのサンドバッグへと変わり果てる。

青年がぐったりしたところで暴力は止められた。彼はもはや死んだように動かない。誰かに見られる前に逃げたほうがよさそうだ。悟った男たちは一斉に唾を吐きかけて去っていく。

青年は痛みを感じることもなく、幻の中を彷徨っていた。波音が耳に大きく、海の中をクラゲのように漂っている気分だった。そこに現れたのは美しい女であった。女は人間ではなかった。青く煌めく鱗を持った人魚だった。ブロンドの長い髪が妖艶に漂う。対照的に、澄んだ瞳はどこか哀しみを孕んでいる。

青年もいつしか人魚の姿に変わり果て、二人は身体を絡ませ戯れあった。言葉はない。触れあう肌だけが互いの存在の証である。

やがて二人は海の奥底へと潜っていった。どこまでもどこまでも潜っていった。が、次第に女の姿は遠くなる。互いに手を伸ばしあうも、青年は天へ、女は海底へと引かれるように離れはじめる。叫び声は音にならない。二人の距離はどんどん離れる――。

朝陽を浴び、青年は目を覚ました。どうやら自分のいるのは浜辺らしかったが、動こうとすると全身にひどい痛みが走り抜けた。激しい頭痛にも見舞われる。昨夜の記憶は残っておらず、怪我の原因も分からなかった。

ただひとつ、青年の胸には締めつけられるような哀しみがあった。無論、なぜそんな気持ちに苛(さいな)まれるのかは分からない。

目から何かが、ぽろぽろとこぼれ落ちてくるのに気がついた。

自分は泣いているのだろうか？　だが、どうして――。

青年は痛む腕を無理に動かし頬(ほお)を拭(ぬぐ)った。

その手の甲についていたのは、青く煌めく鱗であった。

（特別対談）ゲスト　白濱亜嵐（しらはまあらん）さん（EXILE／GENERATIONS）

同じ愛媛県の松山市出身、同郷で年代も近いお二人。二〇一九年から「坊っちゃん文学賞」（注1）の審査員長を田丸さんが、アンバサダーを白濱さんが務められています。

――お二人が知り合われたのは、いつからのことでしょうか？

田丸　初めてお会いしたのは、白濱さんが「坊っちゃん文学賞」のアンバサダーになってくださって半年後の授賞式でしたね。二〇一九年七月にアンバサダーに就任していただいて、今年でもう三年目となりました。

白濱　ショートショートというものをきちんと知るきっかけだったんですけど、受賞作を読ませていただいて、短いからこそ奥が深いものだと気づきました。なんといっても応募数がすごく多くて、こんな大きな規模なんだと衝撃を受けたのを覚えています。

田丸　白濱さんのおかげです。「坊っちゃん文学賞」がショートショートに特化した賞にリニューアルした第一回には五千作以上の応募作品があって、それでもすごかったんですが、二回目はなんと九千を超えました。文学賞では、ものにもよりますが、二千、三千作ほどの応募でも多数というイメージが個人的にはある中で、これはちょっと信じられないような数で、白濱さんにいろいろとPRしていただいたこともとても大きかったです。

白濱　PRとか授賞式に行ってるだけなんで、僕もそろそろ書かなきゃなっていう(笑)。

田丸　ぜひぜひ！　嬉しいですね。しかも、もし実現したらご自身で小説を書かれてそれを脚本化して演じられるっていう事もありそうですね！

白濱　それができたらすごいですね！　実は、去年初めて作詞をしたんです。その時に、以前、田丸さんにうかがった物語の作り方とか教えてもらった想像の拡げ方とかが、すごく役立ちました。

田丸　めちゃくちゃ嬉しいですね！

白濱　ＧＥＮＥＲＡＴＩＯＮＳの「Ｌｏｎｅｌｙ」という曲なんですけれども、初めて自分の言葉が作品になりました。いつもは作曲した後に作詞家さんに詞をお願いするケースが多いですけど、コロナ禍で家にいて、自分で書く時間もあるしイメージ湧いてるしやっちゃおうという感じで書いたのがきっかけですね。元々いずれ作詞もやりたいなと思ってたんで。その後、作詞はいろいろとやらせてもらうようになりました。

田丸　同じように言葉を紡ぐものという意味では似ていると思うんですけど、お話を考えるのと作詞というのは、感覚が似ているところはあるんですか？

白濱　近いですね、すごく。どちらも自分の経験とか記憶とかがベースになると思うんですけれども、その中からだけ生み出すと作品の幅が狭まるなというのを感じていて。やっぱり自分が〝想像して思い出を作る〟ということも大事だなと思いましたね。

田丸　さすがですね。本当に鋭い。想像して思い出を作るというのは、僕もよくわかります。今回の本でいうと、47都道府県をテーマに47作を生み出さなければならなかったので、行ったことのない場所も想像で書いていく必要がありました。もちろん自分の経験とか記憶をとっかかりにして書くのも大事で、僕自身もよくやります。ですが、それだけでは続けていきづらくなったりする。作詞もそうだと思うんですが、やはり数を作っていく時にはネタ切れになり得ますからね。

白濱　そうなんですよ。あと言葉の使い回しとか言い回しが本当に同じものばかり使ってしまうんですよね。僕は検索で類語とかすごい調べてます。これ何か別の言い方ないかなーってことはよく考えますし、あとは比喩を直接やるのかもっとこうぼかした形でやるのか、そういうことも考えますね。

田丸　僕も類語辞典、使います（笑）。ウェブの類語辞典は特によく使うので、とてもわかります。

白濱　作詞は曲に合わせて韻も踏んだりしなきゃいけないですから。そういうところも考えながらですが。

田丸　曲作りのことでもう一つおうかがいしたいことがあって。白濱さんの曲のオリジナリティってたしかにあるんですが、それはどこから生まれたものなのかなと。最初から確固とした感覚があったのか、曲作りを重ねるうちに生まれてきたものなのか。どう感じていますか？

白濱　最初っから根本のスタンスは変わらないかもしれないですね。やっぱり僕が作る曲ってダンスミュージックでなくてはならないというのが僕の中ですごくあって、それは僕がもともとパフォーマーという踊る人なんで、ダンサブルな踊れる曲、バラードとかでも踊れるような楽曲をと思っていて、それが今の僕の作曲のスタイルに繋がってますね。だからどんな曲を作っていても、ダンサーが気持ちいいリズムっていうのはすごい意識しています。パフォーマーをやっていて作曲に目覚めたからこそ、できたオリジナリティなんじゃないかなと思ってますね。

田丸　いやー、めちゃくちゃ面白い！　さすがプロですね。

白濱　ありがとうございます。僕にとっての作曲や作詞がクリエイティブなことだとして、クリエイティブなことを始める前にやっていたことが、その後のクリエイティブに生きてるなっていうのを実感してます。

――お二人の故郷の松山市といえば、俳都と呼ばれるくらい俳句文化が浸透していると思うのですが、お二人も子供の頃から俳句を作ったりされていたのですか？

白濱・田丸　宿題ですね。（お二人声を合わせて）

田丸　白濱さんは俳句の宿題好きでした？

白濱　僕の中では簡単な宿題だったイメージですね。それよりも算数ドリルの方が全然嫌だなみたいな（笑）。

田丸　僕は俳句の宿題が嫌で嫌で（笑）。三句とか五句とかの欄があって埋めなくちゃならないんですけど、一個も出てこなくて。似たようなことばっかり書いて提出していた記憶があります。でも、僕自身は俳句から受けた影響がすごくあると思っています。俳句もショートショートも短い中で表現をする。全部詰め込むことはできないので、いかに省くとか想像の余地を残すとか、そうやって作っていくところが似ていると思っているんです。それと五七五の言葉のリズムが体に染み付いているところがありますね。白濱さんも、なにか俳句の影響ってありますか？

白濱　そうですね。俳句って、短いからこそ読んだ人や聞いた人にいかに想像させるかっていうところが大事だと思うんです。そういうところは、それこそ歌も歌詞で説明しすぎない方がおしゃれだったりするので、近しいところがあると思いますね。

田丸　松山には俳句ポスト（注2）というのがあるじゃないですか、街中に。主要な観光地とか電車の中とか、あとはホテルとかフェリーとかにもあるのかな。誰でも投句できるようになってるんで、観光客の方もかなり書かれているようですね。松山では俳句が当たり前に日常の中にある。それがどこか創作のバックボーンにもなっているかもしれませんね。

白濱　たしかにそうですね。

――やはり、生まれ故郷の影響はお二人にとって大きいんですね。

田丸　愛媛の風土として、独特の穏やかでのんびりした感じがあるんですが、作品の中でも流れている雰囲気が愛媛らしいと言っていただくことがときどきありますね。白濱さんはいかがです？

白濱　愛媛のゆっくりした時間は、やはり僕の作るものにも流れてると思います。僕が思い浮かべる海は、いつも穏やかな瀬戸内海なんですよね。作詞作曲を本格的にやり始めたのはコロナ禍に入ってからだったんで、まだ実現できていないんですけど、愛媛の海が見える場所で曲作りをしたいなとずっと思ってて。

田丸　やっぱり愛媛で作ると、何か違ったものが出てくるのではないかとか、そういった思いはあるんですか？

白濱　自宅にスタジオがあるんですけれども、そこでずっとやってってもちょっと飽きてくるというか煮詰まってくるんですよね。今、すごく海沿いに住みたいっていう気持ちが強くなっていて、中でも、愛媛の海沿いに住んで創作活動できたらなっていう思いが強くなってるんです。

田丸　あーそれはよくわかります。僕も海沿いに住みたいっていう気持ちが強くなっていて。ベストはもちろん瀬戸内海ですが。緊急事態がいったん明けたときに里帰りしたんですが、そのときも梅津寺（ばいしんじ）（注3）に行って。いつまでも海を眺めていられますし。瀬戸内は島がいっぱいあるじゃないですか。あれがいいですよね。飛行機で帰るときも、瀬戸内海の島々が見えてくると、帰ってきたなーっていう感じがするんです。

白濱　僕も島が好きで、このあいだも、親に瀬戸内海の島っていくらぐらいで買えるの？って聞いたりしてました（笑）。老後のために、もし自分が手が届くものがあるなら買いたいんだけどって。

――愛する愛媛を舞台に白濱さんがショートショートを書くとしたら、特産品や名所など、これを題材に書いてみたいというものはありますか？

白濱　いろいろあるんですけど……鯛ですかね。愛媛で有名な料理に鯛めしもあるじゃないですか。いろんなめでたい行事にも出てきますし、それこそ鯛が入っていないのに鯛焼きとかもあって、発想にも広がりがあるかなと思って。

田丸　じつは、僕の作品にもあるんですよ。光文社から出ている『ショートショート・マルシェ』（注4）の中に「鯛の鯛」という作品があって。鯛の体の中には実際に小さい鯛の形をした「鯛の鯛」と呼ばれる骨があるんですが、それを題材にした変わった話を。その話もやっぱり愛媛で鯛をよく食べていたからできた話です。鯛って愛媛の県魚なんですよね。

白濱　それと、松山の繁華街をテーマに書きたいなっていうのもありますね。松山の繁華街ってお店の密度が日本でも一番だってどこかで聞いたんですよ。狭いエリアにたくさんのお店が密集している。それも題材として面白いなあと思って。僕は高校一年で東京に出てしまったので、松山の繁華街ってあまり行けてないんです。それが仕事するようになってから戻ったときに繁華街に行って、その密度にびっくりしたというか。

田丸　たとえばですけど、その密集度合いがどんどん詰まっていったら面白いかもしれませんね。不思議な話として、一軒のビルに、違法建築というわけではないんだけれども何百もの店が詰まっているとか。外観的には普通に十階建てとかなんだけれども、エレベーターに乗ったら百階ぐらいまでボタンがあって。で、百階まで行って窓から外を見たらやっぱり十階ぐらいの高さしかなくて。物理的にこのビルどうなってんだろう⁉って。

白濱　それ面白いですねー！（笑）松山って地下街はあまりないですけど、ビルに入りきれなかった店が地下に溢れ出していって地下街が自然に増殖していくとか。いろいろ考えると面白いですよね。

田丸　アンバサダーが応募してはいけないって規定もないですし（笑）、このコロナ禍が一段落したら、愛媛に行って曲を作るのと一緒に、本当にショートショートも書いてみていただきたいです。

白濱　愛媛で処女作を書けると幸せですね。

――第十八回「坊っちゃん文学賞」は、二〇二一年九月末が応募の締切ですね。

田丸　ショートショートには、あっという間に読めて別世界に連れて行ってくれるよさがありますけど、短いがゆえに書くハードルが低いというよさもあります。ショートショートだったら早ければ数時間、どんなに長くても数日とか一週間とか、ちょっと隙間があれば書けるんですよね。ならばこの本とか対談を読んでくださった方にも実際に書いていただいて、「読む」と「書く」のいい循環が生まれたら素敵だなと思うんです。今回の本は47都道府県のお話ですけれども、誰でも自分がふるさとと思う場所があるでしょうから、自分の生まれ育った場所でどんな話を書くか――そんなところからスタートしていただいてもまったく大丈夫ですし。読書ってよく旅にたとえられますけれども、コロナがどうなっていようとできる旅です。そして読むだけではなくて、行きたい場所を想像しながら書くことでも、心の旅、空想の旅ができる。そういった意味でも、書くというのはとてもいいことだと思うんですよね。

白濱　本当にそうですね。僕もコロナが一段落したら、愛媛の海を見ながら書けたらと思います（笑）。

田丸　それから、先ほどうかがった「クリエイティブなことを始める前にやっていたことが、その後のクリエイティブにも生きてくる」というお言葉も本当に素敵だなと思いました。今まで創作をあまりしたことがない人には、自分が今からそんなクリエイティブなことを始めるなんてという抵抗や恥じらい、不安があると思うんです。でも、クリエイティブなことを始めるのに遅いということはありませんし、今までの経験も絶対にどこかで生きてくると思うんです。だから、白濱さんのお言葉は、そういった方たちの背中を押してくれる本当に素敵なものだなと思います。

白濱　「坊っちゃん文学賞」の三度目のアンバサダーを務めることになりましたが、こういう時期だからこそ物語を生むにはもってこいじゃないかとすごく思ってるんです。人それぞれ生き方も違うし感じ方も価値観も違うので、その人にしか書けないストーリーはありますし、ためらわず食わず嫌いせずに、皆さんの物語を聞かせてもらえればなと思います。もっと応募が増えてほしいし、もっともっとこの賞を知ってもらうきっかけに僕がなれればいいなと思っています。

田丸　ショートショートは、きっかけがあればどなたでも書けると思うんです。それこそ年齢も関係なくて、小学生だって幼稚園生だって、逆にシニアの七十代、八十代、九十代の方でも、ぜひぜひ今からでも一歩踏み出してほしいです。もちろんプロを目指す方がいらっしゃることも嬉しいんですけれども、趣味として親しんでいただくのもいいと思うんです。それこそ俳句みたいに趣味人口が増えることでショートショートも豊かになっていくと思います。俳句ポスト的な感覚で気軽に執筆に挑戦してみていただきたいですし、できた作品もどんどん応募や投稿などしていただけたら嬉しいですね。空想の旅を楽しむための乗車券は、すでにどなたもお持ちです。その乗車券を握りしめたら、あとは列車に身をゆだねてみてください。空想の旅先でみなさんとお会いできるのを、僕も楽しみにしています！

（二〇二一年五月　オンラインにて）

（注1）**坊っちゃん文学賞**　愛媛県松山市が一九八八年に創設した文学賞。二〇一九年第十六回より、ショートショート専門の賞に生まれ変わった。募集要項などの詳細は https://bocchan-shortshort-matsuyama.jp/ をご覧ください。

（注2）**俳句ポスト**　松山市が設置・運営する、誰でも俳句を投稿できるポストで、正式名は「俳都松山俳句ポスト」。一九六〇年代から始まり、現在は松山市の観光地や旅館、ホテル、公共交通機関などに計九十以上が設置されている。三か月に一回、選句が行われ、優秀作が市のホームページなどにて公開されている。

（注3）**梅津寺**　伊予鉄道高浜線の駅で、ホームから美しい海が臨める。一九九〇年代に大ヒットしたドラマ「東京ラブストーリー」の最終回のロケ地として知られている。

（注4）**『ショートショート・マルシェ』**　二〇一五年に刊行された「食」をテーマにした十八作品を収録した作品集。光文社文庫。

二〇一六年十一月　キノブックス刊

光文社文庫

ショートショート列車（れっしゃ）
著者　田丸雅智（たまるまさとも）

2021年7月20日　初版1刷発行

発行者　鈴木広和
印刷　新藤慶昌堂
製本　ナショナル製本

発行所　株式会社 光文社
〒112-8011　東京都文京区音羽1-16-6
電話（03）5395-8149　編集部
8116　書籍販売部
8125　業務部

ISBN978-4-334-79207-7　Printed in Japan

組版　萩原印刷